競作時代アンソロジー

怒《ど》髪《はつ》の雷

鳥羽 亮
野口 卓
藤井邦夫

怒《ど》髪《はつ》の雷《かみなり》

目次

鳥羽亮

怒《いか》りの簪《かんざし》

著者・鳥羽《とば》　亮《りょう》

一九四六年、埼玉県生まれ。九〇年『剣の道殺人事件』で江戸川乱歩賞を受賞。ミステリーを手がける一方で、骨太の時代小説で人気を博す。著作数は二〇〇冊を突破。「首斬り雲十郎」シリーズでは、今作と同じく介錯人を主人公に壮絶な剣戟を描く。近著に『首斬り雲十郎　阿修羅』。

一

エエイー、エエイー。

牢屋の方から、大勢の叫び声が聞こえた。

その声がやむと、念仏を誦《じゅ》す声になった。低い地鳴りのような声である。牢内の罪人たちが、これから処刑される死罪人を牢屋から送り出しているのだ。死罪人を送り出すとき、いつもそうやって声をかけるのである。

片桐京之助《かたぎりきようのすけ》は罪人たちの声を聞くと、肩衣《かたぎぬ》をはずし、袂《たもと》から取り出した細紐《ほそひも》で手早く両袖《りようそで》を絞《しぼ》った。

京之助は二十代半《なか》ばである。面長《おもなが》で、切れ長の目をしていた。その端整《たんせい》な顔が、かすかに紅潮している。

京之助は、小伝馬町《こでんまちよう》の牢屋敷の土壇場《どたんば》の近くにいた。土壇場は、死罪人の処刑場である。京之助は、土壇場の脇の柳の樹陰で斬首の支度《したく》をしていたのだ。京之助は首斬り人として牢屋敷にきていたのである。

「片桐どの、首を討《う》つのは女ですか」

助役《すけやく》の松沢利三郎《まつざわりさぶろう》が訊《き》いた。助役は、首斬り人の介添《かいぞ》え役である。

「そうだ」

「女ですか……」

松沢の顔が曇った。首斬り人もそうだが、介添え役も女の斬首は、気が重くなるのだ。

「おゆきという名だそうだ」

京之助が斬首することになっていたのは、おゆきひとりである。

今日、牢屋敷で処刑されるのは三人だった。盗人《ぬすつと》の孫六《まごろく》、喧嘩《けんか》相手を刺し殺した稲次《とうじ》、それに女中として奉公していた薬種問屋から二十両の金を盗んだおゆきである。

孫六の処刑には、山田《やまだ》家の当主、山田浅右衛門吉利《あさえもんよしとし》が、稲次には吉利の嫡男《ちやくなん》の吉豊《よしとよ》があたることになっていた。

山田家の当主は、代々山田浅右衛門を名乗っていた。世に「首斬り浅右衛門」と呼ばれて、恐れられている家柄だった。吉利は、七世である。

山田家は道場をひらき、斬首のための刀法と試刀術を教えていた。試刀術というのは、実際にひとの死体を斬ったり刺したりして、刀槍の利鈍《りどん》のほどを試す術である。

山田家は牢人の身であったが、山田流試刀術をもって徳川《とくがわ》家から「御試《おため》し御用《ごよう》役《やく》」をうけたまわり、刀槍の利鈍のほどを試すかたわら、門弟を集めて斬首や試刀の術を指南していたのだ。

京之助は山田道場の高弟のひとりで、吉利の手代わりがつとめられるほどの腕であった。

「来ましたよ」

松沢が小声で言った。

閻魔堂《えんまどう》と呼ばれる改 番所《あらためばんしょ》の前を、三人の罪人が介添え人足たちにひきたてられてきた。そして、裏門の近くの埋門《うずみもん》の前で、人足たちは三人の顔にそれぞれ半紙を当て、藁縄《わらなわ》で額《ひたい》の上から縛った。死罪人の目隠しのためで、面紙《つらがみ》と呼ばれている。

京之助は松沢とともに柳の樹陰で、おゆきが連れてこられるのを待った。松沢は水を張った手桶《ておけ》をそばに置き、京之助の脇にひかえている。

土壇場の穴のなかには、血溜《ちだ》めの筵《むしろ》が敷いてあり、近くに死骸《しがい》を入れる俵や首を洗うための水の入った手桶が置いてあった。

おゆきは三人の介添え人足に連れられて、土壇場に近付いてきた。すこしふらついていたが、自分の足で歩いてくる。泣き声も、喚《わめ》き声も上げなかった。

死罪人が土壇場に臨むとき、恐怖のあまり自力では歩けず、介添え人足に抱えられ引きずられてくる者が多い。泣き声や喚き声を上げる者もすくなくないが、おゆきは何も言わなかった。

土壇場の前で牢屋敷の鍵役同心が、もう一度、おゆきの名を確かめてその場から去ると、おゆきは人足たちの手で血溜めの穴の前に座らされた。

三人の介添え人足が、後《うし》ろ手に縛られたおゆきの体を押さえている。

おゆきの顔は、見えなかった。面紙が揺れている。首が上下に動いているのだ。

そのとき、おゆきが、

「悔しい、このまま死にたくない、悔しい……」

とつぶやいた。その低い声に、腹から絞り出すような怨念《おんねん》のひびきがあった。

京之助はおゆきが何か言いたがっているような気がしたが、あえて問わず、刀を抜いて、

「松沢、頼む」

と言って、刀身を松沢の前に差し出した。

すぐに、松沢は手桶の水を柄杓《ひしゃく》で汲《く》み、差し出された刀身にかけた。スー、と水が刀身をつたい、切っ先から細い筋になって落ちていく。その水が陽を映じて、黄金色《こがねいろ》の糸のようにひかっている。

京之助は、その水の筋を見つめていた。斬首に臨み、己《おのれ》の気の昂《たかぶ》りを静めるためである。

「あ、浅右衛門さま……」

おゆきの声がした。

京之助を、山田浅右衛門と思っているのだ。江戸の住人の多くが、牢屋敷の土壇場で死罪人の首を斬るのは、浅右衛門と信じている。それほど、首斬り浅右衛門の名はひろまっていたのだ。

「何かな」

京之助は、おだやかな声で訊いた。この場で、死罪人に己の名を告《つ》げる必要はなかった。

「あ、あたしの襟《えり》に、簪《かんざし》があります」

おゆきが声を震わせて言った。

……おゆきは、ひどく怒っている。

と、京之助は察知した。

おゆきの体や声は、恐怖や不安で震えているのではない。強い怒りである。土壇場に臨み、これほど強い怒りを見せる死罪人はめずらしい。

京之助は、おゆきの木綿《もめん》の単衣《ひとえ》の襟に目をやった。裂けて、何か棒状の物が挿《さ》し込んである。簪らしい。

京之助は襟に手を伸ばして、簪を抜き出した。銀簪だった。毬《まり》を模したちいさな丸い玉がついている。古い物で、丸い玉には疵《きず》もあった。

簪を見て、おゆきが、京之助の胸に若いころの初恋の娘の顔がよぎったが、すぐに振り払った。おゆきが、初恋の娘と重なると首を斬りづらくなると思ったのである。

三人の介添え人足は、何もいわなかった。簪はめずらしいが、ツルと思ったようだ。罪人は入牢《じゆろう》するとき、金子《きんす》を帯や衣類の縫目《ぬいめ》に入れて持ち込むことが多かった。その金子はツルと呼ばれ、牢番も黙認していた。金子は多くの場合、牢名主に渡される。罪人が牢屋で生きていくための上納金のようなものである。

ツルは、斬首のおりに、介添え人足に渡されることもあった。口のなかに含んできて、斬首される前に吐くのだ。そのツルは、死後自分の死体を丁寧《ていねい》に扱ってほしい、という依頼である。そうしたことがあったので、介添え人足たちは簪が京之助に渡されても、首斬り人へのツルとみたのである。

「その簪で、源次《げんじ》を殺して！」

おゆきの声は、強い怒りに震えていた。

「……！」

京之助は、簪を手にしたまま言葉が出なかった。どう答えていいか、分からなかったのだ。

「殺して！　やっぱりあたしは騙《だま》されてたんだ！　あたしの恨みを晴らして」

おゆきの必死の声が、京之助の耳を打った。

京之助は、面紙の脇からおゆきの横顔を見た。土気色をした顔が怒り震え、ゆがんでいる。

「分かった。源次も、あの世へ送ってやろう」

京之助が小声で応えた。

咄嗟《とっさ》に、京之助はおゆきの強い怒りを抑え、安らかな気持ちになってから冥土《めいど》に送ってやろうと思ったのだ。

山田道場では、斬首に臨むおりに死罪人が抱く、恐怖、怯《おび》え、怒り、恨《うら》み、不安、後悔など諸々《もろもろ》の感情をできるだけ抑え、すこしでも安らかな気持ちにさせてから冥土に送り出してやるのが首斬り人の務めである、と教えていた。

京之助は、おゆきが怒りの炎を燃やしたまま冥土に旅立つのは忍びなかった。それで、源次もあの世へ送ってやる、と応えたのである。

おゆきの横顔から、拭《ぬぐ》いとったように怒りの色が消えた。

「あ、ありがとうございます」

おゆきが涙声で言った。おゆきの体の震えが収まり、色白の細い首がわずかに前に伸びた。

介添え人足がおゆきの両足を押さえ、背を前に押して、さらにおゆきの首を前に出させた。

京之助は上段に振りかぶり、脳裏《のうり》で念仏を唱《とな》えた。

京之助の全身に斬撃の気がはしった。次の瞬間、刃音とともに閃光がきらめいた。

にぶい骨音がし、おゆきの首が前に落ち、首根から噴出した血が赤い帯のように前に飛んだ。おゆきの首の血管《ちくだ》から噴出した真紅の血は、見る者の目に赤い帯のように映じた。

おゆきの首が、血溜めの穴に敷かれた筵に転がった。噴出した血が、おゆきの首を赤い布でつつんでいく。

二

その日、京之助は斬首を終えると、道場主の吉利に断り、牢屋敷内の同心長屋に立ち寄った。鍵役同心に、おゆきのことを訊いてみようと思ったのだ。おゆきとの約束を果たし、源次なる者を殺すかどうかは別にしても、おゆきの強い怒りが何から生じたのか、それだけでも知りたかった。源次が罪を犯しているなら、町方に知らせて相応の処罰を与えることはできる。

だが、鍵役同心がおゆきのことで知っていたのは、罪状と牢内でときおり強い怒りの表情を見せることがあった、ということぐらいだった。

「おゆきを捕らえたのは、御番所（町奉行所）のどなたですか」

京之助は、おゆきを捕らえた町奉行所の同心に訊けば、様子が知れるのではないかと思ったのだ。

「北町《きた》奉行所の定廻《じようまわ》りの卯月峰之助《うづきみねのすけ》どのです」

定廻り同心は、市井《しせい》で起こる事件の探索や下手人《げしゅにん》の捕縛にあたる同心である。ちなみに、町奉行所には、「捕物並びに調べもの」と呼ばれる定廻り、臨時廻り、隠密《おんみつ》廻りの三廻りの同心がいて、その三役で市井で起こる事件にあたっていた。いそがしい身だが、話を聞くことぐらいはできるだろう。

「かたじけない」

京之助は、鍵役同心に礼を言って長屋を出た。

牢屋敷を出た足で、京之助は八丁堀《はっちょうぼり》にむかった。町奉行所の同心と与力は、八丁堀に住んでいたのである。

卯月は八丁堀の組屋敷にいた。市中巡視から帰り、屋敷内でくつろいでいたところらしい。

卯月は四十がらみだった。市中巡視で陽に灼《や》けたらしく、浅黒い顔をしていた。剽悍《ひょうかん》そうな面構えである。

京之助は卯月に、自分は山田道場の門人で、今日牢屋敷内でおゆきを斬首したことを話し、

「気になっていることがござる。卯月どのは、この簪をご存じでござろうか」

懐《ふところ》から銀簪を取り出し、卯月に見せた。

卯月は銀簪を手にして見ていたが、

「いや、初めて見る簪だが……」

と、言って首をひねった。

「この簪は、おゆきが土壇場まで隠し持っていた物です」

京之助は、おゆきに、源次を殺すよう頼まれたことは伏せておいた。迂闊《うかつ》に、口にできることではなかった。

「どういうことかな」

卯月は怪訝《けげん》な顔をした。

「ツルのつもりだったのかもしれません」

そう言って、京之助がさらにおゆきのことを訊こうとすると、

「ともかく、上がってくれ。ここで、立ち話というわけにはいかないようだ」

卯月は京之助を家に招じ入れた。

卯月は座敷に腰を落ち着けると、

「その簪は、おゆきのものですか」

念を押すように訊いた。

「まちがいありません」

卯月は、記憶をたどるような顔をして首を捻《ひね》った。

京之助は、土壇場でおゆきが襟に隠してあった簪のことを口にしたことを話し、

「そのとき、おゆきが源次という男のことを話したのですが、卯月どのは源次をご存じでござろうか」と、訊いた。

「源次という男は知っています。ただ、おゆきから聞いただけだが……」

卯月がおゆきと源次のことを話し出した。

おゆきは源次と恋仲で、近いうちにいっしょになることを約束していたという。

「おゆきは、日本橋伊勢町《にほんばしいせちょう》にある相模屋《さがみや》という薬種問屋の女中をしてましてね。源次と所帯を持つために金が必要だったらしく、二十両の金を盗んだようです。それが発覚して、御用になったわけですよ」

卯月によると、おゆきは店の者が寝静まった後、ふだん出入りしている背戸から忍び込み、帳場の奥の小簞笥《こだんす》のなかにしまってあった金を盗んだという。

「うむ……」

「その金は、どうなりました」

二十両は大金である。おゆきのような女には、滅多《めった》に手にできない金額だろう。

「おゆきは、使ってしまったと言ってましたがね。そっくり源次に、渡っているとみてます」

卯月は、渋い顔をして言った。

「源次の生業《なりわい》は、何です」

京之助は、源次が真っ当な男ではないような気がした。

「おゆきの話では、源次は大工とのことだったが、遊び人のようだな」

卯月によると、おゆきを捕らえた後、おゆきから聞いた源次の住む長屋に行ってみたが、源次は長屋を出た後だったという。

「長屋の者に訊くと、源次は大工という触れ込みで長屋に住んでいたらしいが、大工どころか、昼間っから遊び歩いていたそうですよ。……おゆきは、源次に騙されたのかもしれないな」

「いま、源次はどこにいるか、分かりますか」

京之助は、源次の居所が知れれば、簪のことだけでも訊いてみたいと思った。

「それが、分からないのだ。おれも気になって、その後何度か長屋に行ってみたが、源次が帰った様子はなかったよ」

　卯月が浮かぬ顔をして言った。

「そうですか」

「ところで、片桐どのはその簪をどうするつもりです」

　卯月が訊いた。

「しかるべき者に、返そうと思っているのですが……」

　京之助は語尾を濁《にご》した。だれに返せばいいか、分からなかったのである。

「おゆきの身内といえば、母親ぐらいかな」

　卯月が小声で言った。

「母親は、どこに住んでるんです」

「長屋でな。相模屋と同じ伊勢町にある庄兵衛店《しょうべえだな》だ」

　卯月によると、母親の名はおしげだという。

「近くを通りかかったときに、行ってみますよ」

　京之助は、卯月に礼を言って腰を上げた。

　そろそろ、陽が沈むころである。これ以上長居すると、卯月家に迷惑がかかると思ったのだ。

三

京之助は、日本橋伊勢町に来ていた。京之助がいるのは、長屋につづく路地木戸の前である。

卯月と会った三日後だった。昨日も牢屋敷で斬首が行われ、京之助は小伝馬町に出かけていて、伊勢町に来られなかったのだ。

この日、京之助は、山田道場での稽古《けいこ》を早めに切り上げて伊勢町に足を運んできた。表通りにある相模屋の近くで、八百屋の親爺《おやじ》に庄兵衛店のことを訊くと、

「この通りを一町（約百九メートル）ほど行きやすと、そば屋がありやしてね。庄兵衛店は、そば屋の脇を入って先でさァ」

と、教えてくれたのだ。

京之助が路地木戸の前に立っていると、盤台を天秤《てんびん》で担《かつ》いだぼてふりが訝《いぶか》しそうな目で京之助を見ながら通り過ぎていった。

京之助は羽織《はおり》袴《はかま》姿で、二刀を帯《お》びていた。長屋には縁のない、御家人か江戸勤番の藩士といった恰好《かっこう》である。

京之助は、八十石を喰《は》む御家人の冷や飯食いだった。二十代半ばになってから、次男の京之助が幕府へ出仕するのはむずかしかった。京之助は斬首の腕と刀槍の試し斬りで、生きていこうと思い、山田道場に入門したのだ。

斬首の術は、罪人の首を落とすだけでなく、切腹の介錯人《かいしやくにん》にも必要なのだ。昨今、大名家でも、藩士のなかに介錯人の務まる者がいないのが実情だった。それで、いざというときのために、腕のいい介錯人を求めている藩もあったのである。

……入ってみるか。

京之助は、路地木戸をくぐった。

木戸の先に井戸があり、長屋の女房らしい女が釣瓶《つるべ》で水を汲んでいた。

「つかぬことを訊くが、この長屋におしげという女が、住んでいないかな」

京之助が女房らしい女に訊いた。

「おしげさんなら、いますけど」

女の顔に、好奇の色が浮いた。羽織袴姿の武士が、長屋の者を訪ねてくるのはめずらしいのだろう。

「おしげさんに、おゆきさんという娘さんは、いなかったか」

京之助が穏やかな声で訊いた。

「いましたけど……。おゆきさん、亡くなりましたよ」

女は急に眉《まゆ》を寄せ、悲しげな表情を浮かべた。おゆきが処刑されたことは、長屋にも伝わっているらしい。

「亡くなったのは知っている。……ゆえあって、おゆきから預かった物があるのだ。そのことで、おしげさんに訊きたいことがあってな。どこの家か教えてくれんか」

「すぐですよ。あたしが、いっしょに行きますから」

女は釣瓶を置き、先にたって歩きだした。

女は京之助を井戸の南側にあった棟《むね》の端の家の戸口まで連れていき、勝手に腰《こし》高障子《だかしょうじ》をあけると、

「おしげさん、お客さんだよ。……お武家さんなの。おゆきさんのことで、話があるみたい」

と声をかけ、旦那、入ってください、と言った。

女はその場に残って、話を聞きたいような素振りを見せたが、京之助が目をやると、

「水汲みに来たんだわ」

と言い残し、そそくさと井戸へもどった。

京之助は土間に入った。女がひとり、薄暗い座敷のなかほどに敷いた夜具の上に身を起こしていた。痩《や》せた初老の女である。ひどい姿だった。ひさしく髷《まげ》を結《ゆ》っていないらしく、ざんばら髪で、頰《ほお》や首筋に垂れていた。継《つ》ぎ当てだらけの汚れた単衣の襟の間から、鎖骨としなびた乳房が覗《のぞ》いている。

「病かな」

京之助が訊いた。

「い、いえ……」

おしげは、慌《あわ》てた様子で襟元を合わせた。病気ではないようだ。おゆきが首を斬られたことを知り、その衝撃で寝込んでしまったのではあるまいか。

「おゆきのことでな、訊きたいことがあるのだ」

「お、お武家さま……。おゆきは、亡くなりました」

ふいに、おしげが顔をゆがめた。嗚咽《おえつ》が衝《つ》き上げてきたのかもしれない。

「知っている」

京之助は、腰を下ろさせてもらうぞ、と言って、大刀を鞘ごと抜いた。そして、上がり框《かまち》に腰を下ろし、大刀を脇に置いた。

「おれは、ゆえあって、牢屋敷でおゆきと顔を合わせたのだ」

さすがに、京之助も母親におゆきの首を斬ったとは言えなかった。

「……！」

おしげが驚いたような顔をして京之助を見た。

京之助は懐から銀簪を取り出し、

「おしげ、この簪に見覚えがあるか」

銀簪を差し出しながら訊いた。

「そ、それは、おゆきが、持っていた簪です。どうして、お武家さまが……」

おしげが、夜具から身を乗り出すようにして訊いた。

「おゆきと、牢屋敷で顔を合わせたときにな、これで、恨みを晴らしてくれ、と言って渡されたのだ。……だが、どういうことか、よく分からないのだ」

京之助は、源次の名を出さなかった。おしげが何と言うか、聞きたかったのである。

「げ、源次です。お、おゆきは、源次を恨んでいたんです」

おしげの声が、怒りに震えた。その声のひびきに、おゆきと似たところがあった。やはり、親子である。

「なぜ、おゆきは源次を憎んでいたのだ」

京之助はおしげに体をむけて訊いた。

「お、おゆきは、源次に騙されたんです。おゆきは、源次に二十両ほどないと、殺されるので助けてくれと言われ、それを真に受けて、あんなことを……」

おしげが、衝き上げてきた激情を抑えながら言った。

「店の金に手を付けたのだな」

「そ、そうです。可哀相《かわいそう》に、おゆきは源次に騙されて……」

おしげは顔を両手で覆《おお》い、体を揺らしながら嗚咽を洩《も》らした。

「おゆきは、源次を助けるために、相模屋の金に手を付けたのか」

「は、はい……」

おしげは、顔を両手で覆ったまま答えた。

「なぜ、二十両ないと、源次は殺されるのだ」

京之助が訊いた。

「わ、わたしには、分かりません」

「この簪は、どうしたのだ。おゆきが、自分で買ったのか」

「お、おゆきは、源次と知り合った当初、簪を買ってもらったと言って喜んでました。源次と逢うときには、いつも髪に挿していったのに……」

おしげの声が、また嗚咽でとぎれがちになった。

「おゆきは、源次とどこで知り合ったのだ」

「せ、浅草寺《せんそうじ》の帰りです」

おしげが、とぎれとぎれに話したことによると、おゆきは浅草寺にお参りにいった帰り、駒形町《こまがたちょう》近くで、ふたりのならず者にからまれて手籠《てご》めにされそうになった。そこへ、源次が飛び込んできて、ならず者を追い払ってくれた。それをきっかけに、おゆきと源次は、夫婦約束をするほどの仲になったという。

「その源次を助けるために、おゆきは二十両の金を都合しようとして……」

京之助は、女誑《おんなたら》しがよく使う手口だ、と思った。源次がおゆきを騙したのなら、ふたりのならず者は、源次の仲間にちがいない。

「いま、源次はどこに住んでいるか、知らないか」

「知りません」

おしげは、あの娘《こ》が、可哀相で……と涙声で言い、また両手で顔を覆ってしまった。

「あの娘は最後まで信じていたようだったけど、死ぬ間際に気付いたんだねえ……。でも、遅かった」

その指の間から、細い嗚咽が洩れた。

「おしげ、気をしっかり持てよ。おゆきの恨みは、きっと晴らしてやる」

そう言い残し、京之助は腰高障子をあけて外に出た。

京之助は路地を歩きながら、若いころ想いを寄せた娘のことを思い出した。痩せ衰えたおしげの姿を見たせいかもしれない。想いを寄せた娘も労咳《ろうがい》にかかり痩せ衰えて亡くなったのである。

おゆきと痩《や》せ細ったおしげが重なり、京之助の胸に強い悲哀が込み上げてきた。

四

京之助が山田道場に入っていくと、門弟の小西達三郎《こにしたつさぶろう》が、道場の隅《すみ》で真剣を遣《つか》って巻藁を斬っていた。巻藁は青竹に藁を巻いて縛ったものである。刀を斬り下ろすさいの体勢と呼吸が大事で、刃筋がたっていないと斬れない。巻藁斬りは、斬首や試し斬りのための大事な稽古である。

タアッ！

鋭い気合とともに、小西が袈裟《けさ》に斬り下ろした。

ザバッ、と音がし、立てた巻藁の半分ほどが斜《はす》に裂けて落ちた。

「みごとだな」

京之助が小西に声をかけた。

「まだまだ未熟です」

小西は手の甲で、額の汗を拭いながら言った。小西は山田道場に入門してまだ三年目の若い門弟である。

「たしか、小西の家は浅草《あさくさ》にあったな」

「はい、元鳥越町《もととりごえまち》の近くです」

小西家も御家人だった。京之助と同じように、山田流試刀術で身をたてようと、道場に通っていたのだ。

通うといっても、山田道場は外桜田《そとさくらだ》の平川町《ひらかわちょう》にあったので、浅草から通うことはできない。小西は内弟子として、道場のそばにある長屋に住んでいた。

「ちかごろ、家には帰らないのか」

「いえ、四、五日に一度は帰ります」

「それなら、浅草のことを知っているな」

京之助は浅草に出かけて、源次のことを探ってみようと思ったのだ。

「どんなことでしょうか」

「いや、おれが、小伝馬町で斬ったおゆきという女がな、土壇場で、おれにこれを渡したのだ」

京之助は、懐から折り畳《たた》んだ奉書紙を取り出してひらいた。なかに、おゆきから渡された銀簪が入っていた。

「簪ですか」

小西が驚いたような顔をした。

「土壇場で、これを源次という男に渡してくれと頼まれたのだ。今わの際《きわ》の頼みなので、おれも断れなかった」

「そうですか」

「簪を渡そうと思って、源次という男を探しているのだが、居所が分からないのだ」

「何か分かっていることはないのですか」

小西が訊いた。京之助の話に興味を持ったらしい。

「ないことはない。源次は、浅草寺や駒形町辺《あた》りに塒《ねぐら》があるらしいのだ」

おゆきは、浅草寺のお参りの帰りに駒形町でならず者たちに襲われた。そのとき、源次が助けにはいった。京之助は源次がおゆきを騙そうとして近付いたのなら、浅草寺界隈《かいわい》か駒形町辺りで幅を利《き》かせている男のような気がしたのだ。

「浅草寺や駒形町と言われても……」

小西は困惑したような顔をした。

「その辺りのことにくわしい男を知らないか。土地の顔役か、御用聞きに訊けば分かるかもしれない」

「駒形町に、島造《しまぞう》という御用聞きがいると聞いた覚えがあります」

小西が言った。

「その御用聞きは、駒形町のどこに住んでいるのだ」

「さァ、そこまでは知りませんが」

「駒形町で訊けば分かるな。小西、助かったよ。稽古をつづけてくれ」

そう言い置き、京之助は道場を出た。

まだ、五ツ半（午前九時）ごろだった。道場から駒形町まで遠いが、京之助はこれから行ってみようと思った。

京之助は奥州《おうしゅう》街道を北にむかい、駒形町に入ると、街道沿いに笠屋があるのを目にした。店先に菅笠《すげがさ》、網代笠《あじろがさ》、八ツ折り笠などがぶら下がっている。旅人相手の店らしい。

京之助は笠屋に歩を寄せた。店先から覗くと、奥の小座敷でおやじらしい男が、積み上げた菅笠を前にして座っていた。売り物の笠の品定めをしているらしい。

京之助は店に入った。あるじに、島造の住居を訊いてみようと思ったのだ。

「いらっしゃい」

あるじは立ち上がり、揉《も》み手をしながら売り場の框近くまで出てきた。京之助を客と思ったのだろう。

「あるじか」

「はい、八助《やすけ》ともうします」

八助は愛想笑いを浮かべた。

「ちと、訊きたいことがあるのだがな」

「……」

八助の顔から愛想笑いが消えた。京之助が、客ではないと分かったからであろう。

「この辺りに、島造という御用聞きが住んでいると聞いたのだがな」

「島造親分ですか」

八助が無愛想な顔で言った。

「島造の家は、どこか知っているか」

「知ってますよ」

八助が、島造は大川《おおかわ》端の通りでそば屋をやっていると話した。

「どの辺りだ」

大川端の通りといわれても探しようがない。

「竹町《たけちょう》の渡し場の近くでさァ。たしか、笹屋《ささや》という店ですよ」

竹町の渡し場は、浅草材木町《ざいもくちょう》と対岸の本所《ほんじょ》の中之郷《なかのごう》竹町を結ぶ舟の渡し場である。

「手間をとらせたな」

そう言い置いて、京之助は店を出た。

五

京之助は竹町の渡し場近くまで来ると、通りかかった船頭に、

「この近くに、笹屋というそば屋はないか」

と、訊いた。探すより訊いた方が早いと思ったのだ。

「ありやすよ。そこの船宿の脇でさァ」

船頭が指差した。

見ると、二階建ての船宿の脇に小体《こてぃ》な店があった。戸口の腰高障子に「そば切、笹屋」と書いてあった。

「あれだな」

京之助は笹屋に足をむけた。

腰高障子をあけると、土間に飯台が置いてあり、隅の飯台で船頭らしい男が、そばをたぐっていた。

「いらっしゃい」

土間の奥で、男の声がした。

見ると、小柄で浅黒い顔をした男が、濡れた手を前だれで拭きながら出てきた。男は戸口にたっている京之助を見ると、戸惑《とまど》うような顔をした。武士だったからであろう。

「島造か」

京之助が訊いた。

「へ、へい」

「ちと、訊きたいことがあって来たのだがな。座敷はあるか」

京之助は、客のいる場では話しづらいと思ったのだ。

「ありやすが……」

島造は困惑したような顔をした。いきなり、見ず知らずの武士に、訊きたいことがあると言われて、困っているようだ。

京之助は島造に身を寄せ、

「北の御番所の卯月どのと、知り合いなのだ」

と、ささやいた。知り合いというほどではないが、話をしたことがあるのでそう言ったのだ。

「卯月の旦那のお知り合いですかい」

島造が腰を低くして言った。

島造は京之助が事件のことで来たと察知したらしく、顔がけわしくなり、腕利きの岡っ引きらしい凄みのある表情になった。京之助は八丁堀ふうの恰好をしていなかったので、隠密廻りの同心とでも思ったのかもしれない。

「そうだ」

「こちらへ」

島造は、土間の先にある小座敷に連れていった。馴染《なじ》みの客に使わせる座敷らしい。

京之助は座敷に腰を落ち着けるとすぐ、

「これを見てくれ」

と言って、懐から折り畳んだ奉書紙を取り出してひらいた。銀簪が入っている。

「古い簪だが、これがどうかしましたかい」

島造が訊いた。

「小伝馬町の牢屋敷で、首を斬られたおゆきという娘が持っていた物だ」

京之助は、自分の手でおゆきの首を斬ったことは口にしなかった。

「おゆきなら、知ってやすぜ。……薬種問屋の相模屋から、二十両盗んだ女と聞いていやす」

島造が声を低くして言った。

「おゆきは、この簪をくれた男に騙されて、二十両盗んだらしいのだ」

京之助も声をひそめた。

「その男がだれか、分かってるんですかい」

島造が身を乗り出して訊いた。

「源次という男だ」

「誑しの源次か！」

島造が声高に言った。

「源次を知っているのか」

「知っていやす」

「どんな男だ」

「源次は、誑しの源次と呼ばれてやしてね。浅草寺界隈を縄張りにしている遊び人でさァ。すこしばかり男前なのをいいことに、うぶな女を騙して金を巻き上げたり、女郎屋に売り飛ばしたりしている悪党《わる》で」

島造の顔にも、怒りの色が浮いた。

「やはりそうか。……この簪は、おゆきが源次にもらったものだ。おそらく、源次は別の女から巻き上げたか古物屋で安く買ったかした簪をおゆきに渡して気を引き、その気にさせたのだろう」

京之助は、源次の正体が見えたような気がした。そして、京之助の胸にも、女を食い物にしている源次への強い怒りが衝き上げてきた。

……源次は、おれの手で斬る！

京之助は腹をかためた。

「旦那、おゆきが盗んだ二十両は、源次に渡ったんですかい」

「そうだろうな。源次はおゆきに、二十両ないと殺される、と言ったそうだ」

「おゆきは、それを真に受けて二十両盗み、源次に渡したのだな」

島造が虚空《こくう》を睨《にら》むように見すえて言った。

「おゆきは、盗んだ金を源次に渡した後、自分が騙されたことを知ったらしいな」

京之助は、おゆきが土壇場まで持ってきた源次に対する強い怨念は、源次に騙されたことを知ったからだろう、と思った。

「そういえば、半月ほど前、源次が若い娘と歩いているのを見かけやしたぜ」

「うむ……」

おゆきも、源次が別の女に手を出したのを知ったのかもしれない。

「旦那、源次をひっくくりやすか」

島造が意気込んで言った。

「いや、源次は卯月どのにまかせよう。……卯月どのが、おゆきを捕らえたのだからな」

「承知しやした」

島造は小声で応えた。

「島造、卯月どのに手を貸してもらえないか」

京之助は、島造なら源次の居所をつきとめるのも早いだろうと思った。ただ、島造が卯月の下で動くのは、むずかしいのかもしれない。島造は、別の同心に手札を貰っているはずなのだ。

「源次の居所を卯月どのに知らせるだけでいいのだ」

京之助が、言い添えた。

「ようがす。おゆきをお縄にしたのは卯月の旦那だと、みんな知っていやす。あっしが、源次の居所を卯月の旦那に知らせたってどうということはねえ」

「頼む」

「旦那、源次には仲間もいやす。そいつらも、いっしょにひっくくってやりやすよ」

島造が意気込んで言った。

六

京之助は駒形町から山田道場に帰る途中、卯月の住む八丁堀の組屋敷に立ち寄った。おりよく、卯月は巡視からもどって屋敷にいた。

「まァ、上がってくれ」

卯月は京之助を招じ入れた。

京之助は、以前卯月と話した座敷に腰を落ち着けると、

「源次のことが、だいぶ知れたよ」

と、切り出し、おしげと島造から聞いた話をかいつまんで話した。卯月と話すのは二度目ということもあり、京之助は仲間内で話すような物言いをした。

「おぬし、よく探ったな」

卯月が驚いたような顔をした。

「おれは、預かった簪を渡す相手を探そうとしただけだ」

事実そうだった。ところが、源次の悪事がはっきりしてくると、何としても源次の首はおれの手で斬りたい、と思うようになったのだ。

「やはり、源次が糸を引いていたか」

卯月の顔がけわしくなった。

「おゆきは、源次に騙されたとみていいな」

「それで、源次をどうするつもりなのだ」

卯月が訊いた。

「おぬしに、捕らえてもらいたい」

京之助には源次を待ち伏せて斬る手もあったが、それより首斬り人として、源次の首を斬り、おゆきの恨みを晴らしてやりたかった。それには、源次を捕らえて罪状を明らかにし、死罪人として土壇場に引き出さねばならない。

「承知した。……おゆきを捕らえたてまえ、おれの手で源次に縄をかけてえからな」

卯月の物言いが、伝法《でんぽう》になった。定廻りや臨時廻りの同心は、巡視のおりや事件の探索などで、ならず者や無宿人などと接する機会が多く、どうしても言葉遣いが乱暴になるのだ。

「それで、捕らえた源次だが、死罪になるだろうか」

京之助は、それが気になっていた。源次が死罪にならなければ、牢屋敷で首を討つことはできない。

「まちがいなく、死罪だな。おゆきは源次にそそのかされたようだが、源次がおゆきを騙して二十両盗ませたとみていい」

「卯月どのの言うとおりだ」

「それだけではないぞ。源次が、若い娘を騙して女郎屋に売り飛ばしたという話もある。なかには、攫《さら》われた娘もいるだろう。やつの悪事をはっきりさせれば、土壇場に座らせることはできるはずだ」

卯月が語気を強くして言った。

それから、十日ほどした午後、島造が山田道場に京之助を訪ねてきた。

島造は物珍《ものめずら》しそうに道場内の稽古を見ながら、

「卯月の旦那に言われて来やした」

と、声をひそめて言った。

「外で話すか」

京之助は、島造を道場の外に連れ出した。他の門弟もいるので、道場内で話すことはできなかった。

京之助は道場の脇の欅《けやき》の陰まで行くと、足をとめ、

「よく、おれがここにいると知れたな」

と、島造に訊いた。京之助は、山田道場の門弟だと島造に話していなかったのだ。

道場からは、門弟たちの気合や巻藁を斬る音などが聞こえていた。

「卯月の旦那から、山田道場だと聞きやした」

「そうか。……それで、源次を捕らえたのか」

京之助は、その報告のために島造が道場に来たのだろうと思った。

「へい、一昨日、源次と仲間のふたりをお縄にしやした」

島造によると、源次は騙した水茶屋の女を浅草諏訪町《すわちよう》の借家にかこっていたという。その妾宅《しようたく》に源次が姿を見せたところへ、卯月をはじめ十数人の捕方が

踏み込んで捕縛したそうだ。

源次は懐に呑んでいた匕首《あいくち》を手にして抵抗したが、何人もの捕方にかこまれ縄をかけられたという。

「源次の仲間は」

京之助が訊いた。

「仲間は、政吉《まさきち》と弥助《やすけ》ってえ遊び人でさァ」

源次は、ふたりを手先のように使って悪事を働いていたという。

卯月たちは源次を捕らえた後、ただちに政吉と弥助の住む長屋にむかい、その日のうちにふたりを捕らえたそうだ。

「政吉と弥助の塒が、よく分かったな」

京之助は、ふたりの名も知らなかったのだ。

「あっしらは、旦那から話を聞いた後、手分けして浅草を探ったんでさァ。そんとき、源次が政吉と弥助を連れて歩いているのを目にしやしてね、跡を尾《つ》けて、政吉と弥助の塒もつきとめたんでさァ」

島造が得意そうな顔をした。

「それで、捕らえた源次たちはいまどこにいるのだ」

まだ、小伝馬町の牢屋敷には送られていないだろう。

「南茅場町《みなみかやばちよう》の大番屋でさァ」

大番屋は調べ番屋とも呼ばれ、仮牢もあった。下手人を捕縛すると、まず大番屋で吟味《ぎんみ》し、奉行所から入牢証文がとれると、下手人は小伝馬町の牢屋敷に送られるのである。

いまごろ、源次たち三人は、卯月と同じ北町奉行所の吟味方与力の手で調べられているにちがいない。

「それで、源次はおゆきとのことを吐いたのか」

「源次は、しらを切ってたようですがね、政吉と弥助が口を割ったと知って、話すようになったそうで」

「それで、源次はどうなる」

「卯月の旦那が、源次は近いうちに小伝馬町の牢に送られると言ってやしたぜ」

島造が小声で言った。

「そうか」

おそらく、源次は牢屋敷内で斬首されることになるだろう。

「旦那、簪はどうしやした」

島造が訊いた。

「まだ、持っている。簪は、土壇場で源次に返すつもりだ。おゆきの無念の気持ちを伝えてからな」

京之助は源次の処刑の知らせが道場に来たら、浅右衛門に頼んで源次の首を斬らせてもらうつもりだった。

「島造、卯月どのに会ったら、伝えてほしいことがある」

京之助が声をあらためて言った。

「何です」

「源次の首は、片桐京之助が斬るとな」

七

島造が山田道場に来てから一月ほど経った日の午後——。山田道場に北町奉行所の牢屋見廻り与力の篠田《しのだ》弥太郎《やたろう》が姿を見せた。

篠田は、北町奉行所で扱った事件の死罪人の処刑を頼みに来ることが多かった。篠田は初老だった。鬢《びん》や髷に白髪が混じっている。

篠田は、山田家の客間で浅右衛門と顔を合わせると、

「明日、死罪人の斬首をお願いしたいが」

と、こともなげに言った。

やはり、篠田は死罪人の斬首の依頼に来たのである。

「何時《なんどき》でござろうか」

浅右衛門が訊いた。篠田も浅右衛門もいつものことなので、茶飲み話でもするような口調だった。

「いつものように、四ツ（午前十時）ごろ、小伝馬町にお越しいただきたいが」

「承知しました。……それで、死罪人は何人ですかな」

浅右衛門にとって、処刑する人数と死罪人の罪状、身分などは、聞いておかねばならないことだった。前もって斬り手の人数を決めておく必要があったし、死罪人の身分や罪状で、斬り手も決まってくるのである。

篠田は懐から書付を取り出すと、それに目をやり、

「四人でござる」

と前置きして、話し出した。

「まず、盗人の政五郎《まさごろう》――」

篠田によると、政五郎は商家に忍び込んで百両ちかい金を奪ったが、隠れ家にひそんでいるところを町方に見つかって、お縄になったという。

「それに、女を騙して商家から二十両の金を盗ませた源次でござる」

篠田が源次の名を口にした。

「源次に騙された女は、おゆきという名ではござらぬか」

浅右衛門は、門弟の片桐京之助から、

「お師匠《ししょう》、小伝馬町より、源次なる者の斬首の依頼がありましたら、なにとぞそれがしに首斬り役をおおせつけくださいませ」

と、懇願《こんがん》されていたのだ。

浅右衛門は、京之助がいつになく熱心なので事情を訊くと、

「それがしは、以前源次という男に騙され、商家から二十両の金を盗んだおゆきという女の首を小伝馬町で斬っております。そのとき、土壇場でおゆきに、敵《かたき》を討ってくれ、と頼まれました」

「敵を討ってくれとな」

浅右衛門が訊き返した。

「はい、おゆきは、わたしと同じ土壇場で、騙した源次の首を討ってくれ、と言

いたかったようです」

京之助は、銀簪のことや卯月とのことまでは口にしなかった。

「うむ……」

浅右衛門は、京之助がおゆきという名の女の首を斬ったことは覚えていなかった。

山田道場の浅右衛門と手代わりが務まる高弟は、町奉行所の依頼で日によっては何人もの死罪人の首を斬る。名の知れた者や斬首のおりに特別なことがなければ、だれがだれの首を落としたか、あまり覚えていないのだ。

篠田はいっとき記憶をたどるように虚空に視線をとめていたが、

「詳しいことは存じませんが、源次に騙された女は、すでに死罪になっていると聞いています」

と、静かな声で言った。

「やはり、源次は、おゆきという女を騙した男のようだ」

浅右衛門は、源次は片桐にまかせよう、と思った。

「他のふたりは」

浅右衛門が篠田に訊いた。

「源次の子分の政吉と弥助でござる」

「承知した」

浅右衛門は、盗人の政五郎は自分で斬り、政吉と弥助は吉豊と青木又三郎《あおきまたさぶろう》にまかせようと思った。青木は、山田道場では浅右衛門に次ぐ腕の主である。

浅右衛門は篠田が帰ると、さっそく道場にいる京之助、吉豊、青木の三人を座敷に呼んだ。

「明日、小伝馬町に行くことになった」

浅右衛門が切り出した。

京之助たちは、黙したまま視線を浅右衛門に集めている。

「死罪人はいずれも男で、四人とのことだ。わしが、ひとり斬る。残りの三人は、ここにいる三人でひとりずつ斬ってくれ」

浅右衛門は、四人の死罪人の名と罪状を口にしてから、

「わしが政五郎、吉豊が政吉、青木に弥助を頼む」

吉豊と青木に伝えた後、京之助に目をむけて、

「片桐には、源次を斬ってもらう」

と、声をあらためて言った。

「お師匠のご配慮《はいりよ》、かたじけのうございます」

京之助は両手を畳について、深く頭を下げた。

「いつものように、四ツ前に牢屋敷に着けるようにここを出たい。門弟たちに話して、準備しておいてくれ」

浅右衛門が言った。

「御試しは、ございますか」

青木が訊いた。

御試しとは、刀槍の切れ味を試すことである。山田家では、幕府だけでなく大名家や大身の旗本からも、刀槍の切れ味を試す依頼を受けていた。山田道場では斬首の後、牢屋敷内の御試し場で、死罪人の死体を使って試し斬りにすることがあったのだ。御試しをするなら、そのための準備もしなければならない、と青木は思ったようだ。

「いや、明日は死罪人の首を斬るだけだ」

そう言い置き、浅右衛門は腰を上げた。

京之助たち三人は、ただちに道場にもどり、門弟たちに明日小伝馬町に行くことを伝えた。

八

初秋の陽射しが土壇場を照らしていたが、暑さは感じなかった。秋の到来を思わせる涼気をふくんだ微風《そよかぜ》が流れ、柳の枝葉がサワサワと揺れている。

京之助は土壇場の脇の柳の樹陰で肩衣をはずし、襷《たすき》で両袖を絞った。斬首の支度をしていたのだ。

浅右衛門、吉豊、青木の三人は、すこし離れた柳の樹陰にいた。死罪人の首を斬る支度はまだ始めていない。

京之助が一番手だった。源次、政吉、弥助、政五郎の順に、首を斬ることになっていたのだ。

「片桐どの、来ました」

助役の松沢が小声で言った。

そのとき、改番所の方で、「おありがとう」という男のうわずった声が聞こえた。源次の声である。

死罪人は改番所の前で、検使与力に死罪の申し渡しを受けることになっていた。検使与力が罪状と死罪を申しつけると、死罪人は「おありがとう」と応えるのが、習わしだったのだ。

源次は大柄だった。髷が乱れている。ここに来るまでに、介添え人足に抵抗したのかもしれない。

源次は三人の介添え人足に取り囲まれ、裏門の近くの埋門の前まで連れてこられると、顔に面紙を当てられた。

源次は自力で歩けなかった。激しい恐怖で体が竦《すく》んでいるのだ。源次の左右に立った介添え人足が、源次の両腕をとって引きずるようにして土壇場に連れてきた。源次はしきりに何かつぶやき、その場から逃げようとして身をよじっている。

「まいろう」

京之助が松沢に声をかけた。

「はい」

松沢は、水の入った手桶を持って京之助の後につづいた。

京之助は土壇場の脇に立った。松沢は京之助の脇にかがみ、源次が連れてこられるのを待った。

源次は三人の介添え人足に支えられ、土壇場に近付いてきた。源次のつぶやく声が聞こえた。「助けてくれよう」「おれは、何もしちゃいねえ」などと、念仏でも唱えるように繰り返していた。面紙で顎《あご》の辺りが見えるだけだが、強い恐怖で顔がひき攣《つ》っているようだ。

土壇場の前で、鍵役同心が名を確かめるために「源次だな」と声をかけたが、源次は何も言わず、ちいさくうなずいただけである。

鍵役同心がその場から去ると、人足たちは源次を血溜めの穴を前にして座らせた。源次は、嫌がるように身をよじり、首を振っている。

京之助は刀を抜かずに懐から奉書紙につつんだ銀簪を取り出し、源次に近付いた。

源次はひとの近付く気配に気付き、

「あ、浅右衛門、おれを斬るな！　斬らないでくれ」

と、声を震わせて言った。源次も、京之助のことを浅右衛門と思っているらしい。

「源次、これを見ろ」

京之助は源次の顎の下に銀簪を差し出した。そこなら、面紙がしてあっても見えるはずだ。

銀簪が秋の陽射しを反射《はね》て白くひかっている。

源次の体を押さえている人足も、意外な物を見るような顔をして銀簪に目をやっているが、何も言わなかった。

検使与力や鍵役同心などが検使場から京之助の方に目をむけているが、その場から動こうとはしなかった。首斬り人が、死罪人を落ち着かせたり、体勢を変えさせたりするために声をかけたり、近付いて体に触れたりすることがあったからだ。

「源次、この簪に覚えがあるな」

京之助は、胸に衝き上げてきた怒りを抑えながら言った。

「……」

源次は何も言わなかったが、身をよじるのがとまった。

「この簪を持っていたおゆきの首は、おれが斬った。いま、おまえが座っているこの場でな」

「……！」

源次の体が硬直したように見えた。首を京之助の方にむけたが、面紙がしてあるので顔を見ることはできない。

「おゆきはこの場まで簪を持ってきて、おれに渡したのだ。そのとき、おゆきはこう言った。源次を殺して、あたしの恨みを晴らして、とな」

京之助の声に、強いひびきがくわわった。

「お、おゆき……」

面紙の間から、源次の声が洩れた。

「源次、おまえをここに連れてきたのは、町奉行所の同心でも、捕方でもない。この簪だよ」

「……！」

「この簪が、おまえを追いまわし、ここまで引っ張ってきたのだ」

京之助は、おゆきから渡された銀簪が、源次の悪事をあばき、居所をつきとめたのだと思った。

「源次、この簪は、おまえに返してやる。あの世まで持っていって、おゆきに詫《わ》びるんだな」

京之助は銀簪を懐にもどすと、脇に控《ひか》えている松沢に近付いて刀を抜いた。

すかさず、松沢が柄杓で手桶の水を汲み、刀身にかけた。水は刀身をつたい、切っ先から黄金色にひかりながら落ちていく。

京之助はその水滴を見つめ、己の心の昂りを静めた。

京之助が刀を手にして源次の脇に立つと、源次の体を押さえていた人足のひとりが源次の着物の襟を下げて、首をあらわにさせた。

するとふたりの人足が源次の両足を押さえ、片手を背中に伸ばして源次の首を前に出させた。

土壇場は水を打ったように静まり、源次が、「おゆき……」とつぶやいた声が、妙に大きく聞こえた。

京之助は刀を上段に構えると、脳裏で念仏を唱えた。

次の瞬間、京之助の全身に斬撃の気がはしり、刃唸《はうな》りとともに刀身がきらめいた。

骨音がし、源次の首が落ちた。首根から血が噴出し、秋の陽射しのなかに赤い帯のようにはしった。

京之助は、血溜めの穴の底に敷かれた筵の上に転がっている源次の首に目をやり、

……おゆき、約束どおり、敵を討ったぞ。

と、つぶやいた。

その後、浅右衛門たちにより三人の斬首が終わると、京之助は俵につめられた源次の死体の脇に銀簪を入れた。

らくだの馬《うま》が死《し》んだ

野口 卓

著者・野口《のぐち》 卓《たく》

一九四四年、徳島市生まれ。さまざまな職業を経験し、九三年一人芝居「風の民」で第三回菊池寛ドラマ賞を受賞、二〇一一年に『軍鶏侍』で時代小説デビュー。同作で歴史時代作家クラブ賞新人賞を受賞した。その格調高い筆致で多くの読者を獲得している。近著は『犬の証言』。

一

時の鐘が八ツ（午後二時）を告《つ》げて、ほどない時刻であった。

目付きのよくない三十前後と思われる男が、独《ひと》り言《ごと》が癖《くせ》なのか、なにごとかを呟《つぶや》きながら通りをやって来た。顎《あご》の張った長四角な顔で、頰骨《ほおぼね》が高く、目はちいさいが底光りがし、眉《まゆ》が剃《そ》ったかと思うほど薄い。その容貌《ようぼう》の異様さのせいだろう、だれもが道を避けるが、そんなことに男は気付きもしなかった。

表通りをぶらつく男は、見世《みせ》の暖簾《のれん》や看板を見て首を傾《かし》げていたが、どうやら目印を見付けたようである。「おう、ここだ」とでも言いたげにうなずくと、その先にある裏長屋への木戸門を入った。門を潜《くぐ》ってからは迷うことなく、右側の一番奥、総後架《そうごうか》（共同便所）の手前で立ち止まる。

手を掛けただけで腰高障子戸《こしだかしょうじど》が開《あ》いたので、男は舌打ちをした。

「不用心じゃねえか。ま、盗《と》られる物はねえし、こいつんとこに空巣《あきす》に入るような、酔狂《すいきょう》というか、間抜けな泥坊《どろぼう》がいるとは思えねえが」

室内が薄暗いので、男は突っ立ったままじっと見ていた。ブーンという微《かす》かかな音が途切れがちに聞こえる。やがて男は、訪ねてきた当の相手が寝ているのに気付いたらしく、低く濁《にご》った声で呼びかけた。

「馬《うま》ッ、起きろ。聞こえねえのか、らくだ。ちッ、冗談《じようだん》じゃねえぜ、昼すぎだってえのに呑気《のんき》な野郎だな。仰向《あおむ》けになって胸をはだけてやがら。なんてみっともねえ恰好《かっこう》なんだ。起きろよ、らくだの馬ぁ。風邪《かぜ》ひいても知んねえぞ」

　返辞《へんじ》がないので黙って見ていたが、ほどなく事情を覚《さと》ったらしい。

「野郎、めえってるのか。苦しかったろう、身体《からだ》の色が変わってるじゃねえか。近所のやつが気ぃ付かねえはずはねえが、こいつの普段が普段だから、見て見ぬ振りをされたんだな。おれが来たからいいような……とは言うものの、間抜けなときに死にやがった。ここんとこ取られ続きで、こっちは百もありゃあしねえ、棺桶《かんおけ》一つ買えねえや。持ってるとは思えないが、いくらかでも借りられればと、多少は当てにしていたおれが甘かったか」

　言ってから男は室内を見廻した。九尺二間《くしやくにけん》の棟割《むねわり》長屋である。四畳半に土間が半畳分と一間の台所だが、その台所に座敷から上半身を捩《ね》じるように、らくだの馬と呼ばれた男が倒れていた。六尺（約一・八メートル）を超える大男で、肉《しし》置きもいい。

やって来た男は相当な悪相だが、死んだ男も負けぬくらい、いかつい顔で、歯を剝《む》き出し、見開いた目はすでに薄い膜が掛かったように、色変わりしている。台所の流しに男の目が留まった。魚の頭らしいのや、骨、鰭《ひれ》などが捨てられていた。

少し近付いただけで、その辺《あた》りが揺れたような気がしたのは、無数の蠅《はえ》が飛び立ったからであった。ブーンという微かな音の正体は、蠅の羽音だったらしい。改めて見直したところ、どうやらフグのようだ。鍋には箸《はし》が突っこまれたままで、食べ残した肉やアラが散らかっていた。

じっと見ていた男が、怪訝《けげん》な顔をして首を傾げたとき、間延びした声が聞こえた。

「屑《くず》ーい、お払ーい」

長屋の路地を近付いて来る屑屋に、男は声を掛けた。

「屑屋ぁ」と呼び止め、少し間を置いて声を張りあげた。「屑屋ぁ、聞こえねえのか。屑屋って言ってんだ」

「へいッ。ええ、悪いとこで呼ばれたね。らくださんとこだ。あすこで呼ばれると、碌《ろく》なことはないんだから。黙って通ろうと思っていたのに、つい声が出てしまった、弱ったなあ、どうも」

「なにぶつぶつ言ってんでえ、いいからこっちぃ入れ」

「こちらは、らくださんのお宅ですよね」

屑屋は無精髭《ぶしょうひげ》を生《は》やした、四十前後と思われる初老であった。目をしょぼつかせて、いかにも気が弱そうである。

「そうとも」

「お留守《るす》ですか」

「ちょっと、台所を見ろい」

「ああ、よく寝てらっしゃいますね」

「寝たっきりよ、もう生涯《しょうがい》起きねえ。フグぅ喰ったらしいんだが」

「らくださんがですか」と、屑屋はしきりと目をしょぼつかせた。「しかしよくあてましたね、フグも。こんなおおきな図体の人を」

「人の生き死にで、ふざけたことを言うんじゃねえ」

「す、すみません」

「らくだの馬公には、身寄りてえのはだれもいねえ。兄弟分はおれ一人よ」

「馬さんとおっしゃるんですか、らくださんは」

「馬とか馬公と呼んでるがな。こいつばかりは死なねえ、死ぬようなやつじゃねえと思っていたが、死にやがった。らくだの馬が死んだ。らくだが、馬が死んじまった」

「馬さんの本当のお名前は、ご存じじゃないですか」

問われて男はしばし考えていたが、おおきく首を振った。

「ちゃんとした名はあるんだろうがな。馬五郎《うまごろう》とか馬吉《うまきち》、それとも馬之助《うまのすけ》、もしかしたら馬鹿《うましか》かもな」

「テヘッ」

「妙な声を出すな」

「で、親方が、らくださんの兄弟分で」

「親方なんぞと、くだらん世辞《せじ》を言うんじゃねえよ」

「お名前を存じあげませんもんで」

「半次《はんじ》だ。手斧目《ちょうなめ》なんぞと呼ぶやつもいるが」

「らくだの馬さんの兄弟分で半次さん。手斧目の半次さん、で」

「なに、おれぁ、兄弟分になったつもりはねえが、こいつがおれのことを兄貴兄貴って言いやがる。やつのほうが齢《とし》は五つも上だってのによ」

「馬さんという名がありながら、なんでらくださんと呼ばれてるんですかね」

「らくだに似てるからだろう」

「らくだ、ですか」

「知らねえのか。馬や牛よりずっとでっけえ生物《いきもん》よ」

「えッ、そんなでかい生物がいるんですか」

「てことだ。背中にどでかい瘤《こぶ》があるらしい」

「へえ、おおきな瘤が、ですか」

「もっとも、おれも見たことはねえがな。長崎に船で運ばれてきたらしいぜ。文《ぶん》政《せい》の七年だったかに、西両国《にしりようごく》の広小路《ひろこうじ》で見世物に出たそうだが、それを見たやつに聞いたことがある。なにしろ図体がでかいのに、びっくりしたってことだ。ところがのそのそして、ただ餌《えさ》を喰うしか芸がねえらしい。そこでだな、怠《なま》け者の大男で、ぶらぶらと暮らして役に立たねえ、ちょうど馬公のようなやつを、らくだと呼ぶようになったんだろうよ。あれがでけえのを馬と言うから、そっちから来た渾名《あだな》で、馬ってのも名前じゃねえかもしれんが」

「あれ、ってますと」

「セガレに決まってんじゃねえか。そういやあ、やつのは……。まあ、そんなことはどうだっていい。その、なんだ、身寄りがねえから、おれが兄貴らしいことをしてやりてえんだよ。通夜《つや》とか弔《とむら》いの真似事《まねごと》をな。ところが間が悪いことに一文無しだ。屑屋さん、すまねえがおまえ、ここの家の物をなにか買ってくんねえか」

「そりゃだめです」

「えらいあっさり言いやがるが、見もしねえで断ることはなかろう。おまえ、いい得意じゃねえのか」

「冗談言っちゃいけません。らくださんにはずいぶんご奉仕してるんですよ。こないだだって、角の欠けた皿ぁ五百で買えって言われましたが、十枚そろってたってそんなにしません。買わなきゃこうしてやるって、あたしの咽喉《のど》を絞《し》めますからね、あんまり苦しいんで、五百置いて逃げちゃったんですから」

「土瓶《どびん》があるな」

「ええ、そりゃちがう蓋《ふた》で間にあわせています」と、半次の視線の先を追いながら、屑屋は買えない理由を並べた。「薬缶《やかん》ですか、漏《も》りがきてます。茶碗は縁《ふち》が満遍《まんべん》なく欠けて、鋸《のこぎり》のようになってますよ。いえ、七輪《しちりん》は針金で鉢巻きしてますが、持ちあげてごらんなさい、グズグズっていっちゃうから」

「よく知ってるんだな」

「ええ、もうこちらにある物はたいがいわかってます。ちょいちょい伺ってますので。そりゃ、あたしもいただく物がありさえすれば、頂戴してって、いくらかでも口銭《こうせん》になるんですがね」

「屑屋に見限られるようじゃ、しょうがねえな」

「しかし、ずいぶん乱暴な人でしたが、死んでみりゃあ罪も報《むく》いもねえ仏さまですからね。半次さん、怒っちゃいけません、これはあたしのほんの心持でございますから。香典《こうでん》にもなりませんが、らくださんにお線香でもあげていただきたいと思いまして」

「そんなことさせちゃ、気の毒だ」

「いいえ、それほどの金額《なに》じゃないもんで」

「ほんじゃ、遠慮《えんりよ》なくもらっとくぜ。しかし屑屋さん、いいことを言ったね。ずいぶん乱暴な人でしたが、死んでみれば罪も報いもねえ仏さま。そのひと言で、こいつは浮かぶことができるよ。ありがとう。その親切を見こんで、たのみてえんだがな」

「あの、ちょいと急ぎますから」

「おう、待ちな。おれぁ、この長屋へ初めて来たんで、ようすがわからねえ。しかし、どんな長屋だろうと祝儀《しゅうぎ》、不祝儀《ぶしゅうぎ》の付きあいってものがある。これを纏《まと》めんのが月番の役目だ。今月の月番はどこだ」

「井戸の傍にお住まいの、組紐《くみひも》のお職人で庄助《しょうすけ》さん」

「ちょっと行ってこい」

「らくださんの死んだのを報《しら》せるんですか」

「報せるだけじゃねえ。香典を集めてきてもらいてえ」

「そりゃあいけませんよ。あたしゃこの長屋に、住んでる訳じゃねえんですからね。報せるだけならいいですけど、香典のことにまで立ち入って言う訳にはまいりません」

「言えないってえの。自分のことをたのむんじゃねえぜ。人のことをたのむんだ。まして相手は仏じゃねえか。仏のことが言えねえのか」

「睨《にら》まないでくださいよ。じゃ、月番さんとこに行ってきます」

「なまじ品物なんぞで寄越されちゃ困るから、現金《なま》でいいと言うんだぜ」

「それじゃ」

「待て。その鉄砲笊《てっぽうざる》を置いてけ」

「だめですよ、秤《はかり》が入ってますから」

「うるせえ、おれが預かっといてやるから、早く行ってこい」

吸鳴《どな》られた屑屋は、半次の声に弾《はじ》かれたように飛び出した。

「ええのに捉《つか》まってしまった。ええっと、たしかここだが。……こんちは」

「なんだい、屑屋さんじゃないか」

「今月の月番は庄助さんでしたね」

「そうだよ」

答えた男は三十を少しすぎたころだろうか。ちらりと屑屋を見たあとは、紐を組む手を休めることはない。オデコと後頭部が突き出た才槌《さいづち》頭で、団栗眼《どんぐりまなこ》であった。小柄で猫背である。

「あの、らくださんが」

「らくだがどうかしたかい」

「死んだんです」

二

「えッ、いつ」

「ゆうべです。どうやらフグを食べたらしくって」

「あいつがか、そうか。そりゃあ、うれしいことを教えてくれたなあ。今朝、茶柱が立ったから、いいことがあるかもしんねえと、思っちゃいたんだが」

「らくださんの兄ぃで、手斧目の半次って人が来てましてね。この人が、らくださんより凄い人なんですよ。どんな長屋にも、祝儀、不祝儀の付きあいてえものがある。これを纏めんのが月番の役目、ですから香典を集めてきてもらいてえって」

「おい屑屋さん、つまらねえ使いをたのまれてきちゃだめだ。そりゃ、この長屋にも付きあいはあるよ。あるけれども、あいつがどんなやつか、おまえさんも知ってんだろう。いつだかあっしが立て替えてさ、催促《さいそく》したらいきなりけんつく喰らわせやがった。金を立て替えて、けんつく喰らわされちゃあわねえからな。あいつの用ならだめだよ」

「弱りましたね」

「それにこの長屋の連中は、どいつもこいつも、らくだにえらい目に遭《あ》わされ、恨みに思ってねえやつは一人もいないよ。畜生《ちくしょう》、ひと思いに殺してやりてえと、心で思っても、らくだに睨まれただけで震えあがって、なにもできやしねえ。なにしろ黙ったままで、突然ぶん殴《なぐ》んだもの。屑屋さんだって、ひどい目に遭わされてんだろ」

「そりゃもう、何度もね。それより香典」

「だめッ」

「弱ったな」

「おまえさんも、弱ってねえで、早く行ったらいいだろう」

「そりゃ行きたいんですが、その兄ぃってえ人に、笊と秤を取られたもんですからね。商売に出られねえんですよ」

声の調子に哀《あわ》れを感じたのだろう。月番は改めて屑屋に目を向けたが、潮垂《しおた》れて目をしょぼつかせるのを見て、才槌頭を振った。

「なんだい、商売道具を取られちゃったのかい。しょうがねえなあ。じゃあこうしよう。こりゃ、らくだにするんじゃないよ、おまえさんにしてやろう。あいつが死にゃあね、この長屋じゃ赤飯《こわめし》を蒸《ふ》かして祝うやつもいる。そいつを枉《ま》げて、香典の方にしてもらうように、長屋を廻ってあげるから、おまえさんも笊をもらって、早く行っちゃいな」

「そうしていただけりゃ助かります。じゃ、なにぶん香典の方を、よろしく願います」

とぼとぼした足取りでもどった屑屋が腰高障子戸を開けると、らくだの死骸《しがい》に見入っていた手斧目の半次が振り返った。

「どしたい、持って来るってか」

「評判悪いですねえ、らくださん」

「だれが、らくだの評判を訊《き》いて来いと言った。香典は持って来るのか来ねえのか」

「へえ、すぐ届けるそうですから、その笊ください」

「もう一軒行ってもらいてえ」

「半次さん、勘弁してくださいな。あたしゃ今朝から、ほとんど稼いでないんですから。あたしが稼がなきゃ、家の釜《かま》の蓋が開きませんよ。女房子とおふくろと家賃《たなちん》、締めて五人暮らしなんですから。すいませんがその笊ぅ……」

「ぶつくさ言ってねえで、大家んとこへ行ってこい」

「大家さんなら、表ですよ」

「大家んとこへ行ってらくだの死んだのを言ってな、今夜、長屋で通夜の真似事をいたします。大家といえば親も同様、店子《たなこ》といえば子も同様だ。子供に飲ませると思って、いい酒を三升、悪いのはごめんこうむるよ。肴《さかな》はぜいたくを言わねえ、芋《いも》に、はんぺんに蓮《はす》。これをダシを利《き》かせて、塩を辛めに、おおきな丼《どんぶり》に二杯。おまんまを喰いてえやつがいるかもしれねえから、飯を二升ばかり炊《た》いて届けてもらいてえ」

「そんなこと言えませんよ。あたしゃ、この長屋で商売できなくなっちゃう。そんなこと言った日にゃあ……」

「言えないっての。じゃ、おめえ、さっき言ったなあ嘘《うそ》なのか。死んでみりゃあ、罪も報いもねえ仏さまだって、そう言ったじゃねえか。仏のことが嫌なら……」

「いえ、いっ、行ってきます」

笊を取られた上に濁声《だみごえ》で凄まれては、気の弱い屑屋は逆《さか》らえない。すごすごと外に出た。

「悪い目付きだね、あいつの目付きは。咽喉笛へ喰い付くような顔をしやがった。ごめんなさい、大家さん」

「だぁれ、なんだい屑屋の久《きゅう》さんじゃないか。一昨日《おとつい》だよ、払い物取りに来たの。そんなに溜《た》まっちゃいないよ」

「あのう、裏のらくださんが死んだんです」

「えッ、いつ」

「ゆうべ、フグを食べて」

「あれが、そうかい。そりゃ、わたしは大助かりだ」

「で、そのらくださんの兄ぃで手斧目の半次って人が」

「どうせ、碌でもないやつだろう」

「この人がらくださんよりちょいと凄い人でして。今晩、長屋で通夜の真似事をします。大家といえば親も同様、店子といえば子も同様ですから、子供に飲ませると思って、いい酒を三升」

それまでおだやかに聞いていた大家がジロリと屑屋を睨んだが、その目の光には暗いものがあった。

「なんだって」

「いえ、これはあたしが言うんじゃありません、その兄ぃが言うんですよ。悪いんじゃごめんこうむる。肴はぜいたくは言わない、芋にはんぺんに蓮。これをダシを利かせて、塩を辛めに、おおきな丼に二杯。おまんまぁ食べたいという人がいるかもしれないから、飯を二升ばかり届けてもらいたい」

大家は黙って屑屋を見た。還暦を出たか出ぬかで、頭は半白になっているが、肌の色艶《いろつや》はいい。というか、いささかよすぎて、しかも脂《あぶら》ぎっている。

屑屋が不安になるのに十分な間を置いて、大家は口を歪《ゆが》めた。

「屑屋さん、いくつになるんだい。大家といえば親も同様、そんなこたぁおまえに言われなくたって、わたしだって知ってるさ。だけども、あいつが子供らしいことをしたことがあるかい。なにしろ、らくだがあすこへ入ってから、わたしゃ、三年間、家賃一度だってもらってないよ。端《はな》のうち、催促に行くと薪《まき》を持って追っかけて来やがんの。まあ物置にしてると思って、諦めちゃいるがね、死んでみりゃ、三年間の家賃は棒引きだ。その上に酒だなんて寝ぼけたことを言うんじゃねえよ」

「だめですかね」

「当たりまえじゃないか」

「じゃ、そう言ってきます」

大家の叱言《こごと》を喰らって、屑屋は力なく引き返すしかない。


「どうした、持って来るって言ったか」

「だめです」

「どうして」

「なにしろ、らくださんは、この長屋へ来てから三年間、家賃を一度もやらないんです」

「当たりめえじゃねえか」

「当たりまえ、ですか」

「当たりめえだよ。こんな小汚《こぎたね》え長屋を貸してな、家賃を取ろうなんぞ、ずうずうしいじゃねえか。家賃なんぞいいから、酒はどうした」

「ですから、死んでみりゃあ、三年間の家賃は香典がわりに棒引きんなっちまう。その上酒だなんて、寝ぼけたこと言うなって」

「そう言ったのか。もう一遍《いっぺん》行ってこい」

「勘弁してくださいよ。きりがありませんから」

「どうしても寄越さねえったら言ってやれ。死骸のやり場に困っております。こちらさまへ、死人《しびと》を担《かつ》いで来て、かんかんのうを踊らしてご覧にいれます」

「それをあたしが言うんですか。そんなこと言ったら、大家さんに会えなくなっちゃいます」

「言えないのかい。おれがやさしくい……」

ちいさな目もそうだが、薄すぎる眉が屑屋を怯《おび》えさせたようだ。

「行って来ます。どうして長屋の者でもないあたしが、こんなひどい目に遭わなきゃならないの」

屑屋がぼやくのもむりはない。


「こりゃ、今日は商売休みだな。大家さんも早く酒ぇ出すがいいじゃないか、金があるんだから。相手が悪いよ、本当に。ごめんなさい」

「また来たね。今度はなんだい、屑屋さん」

「どうでしょうね、大家さん。この先、らくださんが五年生きてたって、十年生きてたって家賃は一文も入りませんよ。それを、ここで死んでくだすったんですから、お祝いに酒を三升……」

「くだすった、だって。いやにおまえ、らくだの肩を持つね。よく考えてごらん。三年間の家賃を棒引きにして、それで酒が持てるかどうか」

「だめですかね」

「当たりまえじゃないか」

「だめとなると、こりゃあ忙しくなる」

「なんだい、忙しくなるってのは」

「大家さん、兄貴分の半次ってのを見たことがないから、そんなこと言ってるんですよ。その兄ぃてえ人は、とても凄いんですから。ちいさな目なのに、睨むと眼ん玉が茶碗か丼鉢ぐらいになりますよ。死骸のやり場に困っております。こちらさまへ死人を担いで来て、かんかんのうを踊らしてご覧にいれます」

「その男が言うのかい。踊らしてもらおうじゃないか。おい、ばあさん、長生きはしてえなあ。わたしゃこの齢んなるまで、死人の踊ったの見たことがないからな。踊らせろってそう言いなよ。おい、屑屋の久六《きゆうろく》、久公、見損《みそこ》なってくれるなよ。そんなこけ脅《おど》かしを言われてな、へい、そうですかって頭をさげるような大家とは、ちょいとわたしじゃ出来がちがうんだ。自慢じゃねえが、この辺りじゃいくらか怖がられてる家主なんだから。そんなんで驚くんじゃねえって、そう言ってやんな」

脂ぎった顔の大家に睨まれると、しょぼくれた屑屋は引きさがるしかない。

三

「どうしたい、今度は持って来るって言ったろう」

「だめです」

「かんかんのうって言ったのか」

「へえ、そう言いましたらね、長生きはしたいもんだ。死人の踊ったのは見たことがないから、踊らせろって」

「たしかに言ったんだな。よし。こっち向いちゃいけねえ、向こうを向いてろよ」

「ですからね、そう言ったんですよ。この先あなた、らくださんが五年……あッ、冷たい」

「どうもこうもねえよ。かんかんのう踊らせんだ。おまえは死人を背負《しょ》って」

「あぁ、あ、あ、あぁ。喰い付きますよ。口から血が流れてる」

「この野郎、震えてやがら。柄がおおきいから、うしろへしっかり手を廻して背負えよ。おれが帯を押さえてやるから。なにをしてんだよ。立てッ。しっかり歩くんだ」

　屑屋は四十くらいなので年寄りというほどではないが、さほど体格はよくない。肥《ふと》った六尺のらくだの、しかも死骸だから余計に重く感じる。そうでなくても足もとがおぼつかない。

「溝板《どぶいた》の上をバタバタ歩くと、世間がうるせえからな。大家んとこの裏口は、どこでえ」

「へえ、そこですが」

「おれが戸を開けるから、しっかり背負ってろ、手を離すぞ。いいか。かまうこたあねえ。あの竈《へっつい》に立て掛けろ。よおし、さ、かんかんのうを唄《うた》うんだ」

「えッ」

「かんかんのうを唄え」

「半次さん。冗談じゃないですよ、あたしゃ女房子がいるんですから」

「この野郎、唄わねえってのか。死人を叩き付けるぞ」

「唄います、唄います」

ほとんど泣き顔になって、しかたなく屑屋は唄い始めた。それも大声を張りあげて。

かんかんのう
きゅうのれす
きゅはきゅれんす
　きゅはきゅれんれん
　さんじょならええ
さあいほう
にいかんさん

長崎に伝えられた唐人唄《とうじんうた》を聞き覚え、あるいはうろ覚えのまま、それらしく唄った「かんかんのう」が江戸でも大流行したとのことである。意味が卑猥《ひわい》だとのことで何度も禁令が出たが、禁じられればそれだけ流行《はや》るのが世の習いであった。

　言葉が不明なので、まるで呪文《じゅもん》のように聞こえる。

「あぁあぁ、ばあさん、いけない。はい、ただいま、お酒三升届けます。あとから煮しめもご飯も、必ず届けます」と屑屋には強気だった大家も、死人と大声のかんかんのうには勝てない。「お引き取りを願います。お引き取りください。お引き取り願います。お引き取りを……」

　屑屋と半次の後《うし》ろ姿が見えなくなるまで震えていた大家は、やっと人心地がついて女房に言った。

「まさかやりゃしまいと思ったら、本当にやりやがった。ばあさん、おまえは薄情だね、一人で表へ飛び出すやつがあるかい。逃げるならいっしょだろ。それにまた、あの屑屋がおおきな声で唄いやがった。馬鹿だね、あいつは。あの竈んとこへ塩ぉ撒《ま》いときな」

　大男のらくだの死骸を背負ってふらふらしながらもどると、もとのとおりに寝かせておけと半次に言われ、屑屋の久六はそのとおり横たえた。

「骨折らしたな、くたびれたろう」

「すいません、その笊、笊を」

「おめえの物《もん》だ持ってけ。かんかんのう、うめえじゃねえか」

「へえ、夢中で唄いましたよ」

「これであらかたすんだが、もう一軒だけたのまれてもらいてえ」

「半次さん、勘弁してくださいよ。家じゃ女房子とおふくろと家賃、一人稼ぎの五人暮らし」

「くどくど言わんでもわかってらあ、そんなこたあ。角の八百屋へ行ってらくだの死んだのをそう言ってな、早桶を買うことができねえからって、菜漬《なづけ》の樽《たる》を一つもらってこい。寄越すの寄越さねえのったら、かんかんのう踊らせるって、そう言え」

「また踊らせるんですか。こりゃどうも、しょうがないよ」

ほとんど自棄《やけ》になって、屑屋の久六は八百屋にやって来た。

「なんだい、屑屋さん」

前掛けのドンブリで小銭をチャラつかせながら、まだ若い八百屋のあるじが愛想よく訊いた。

「あのう、裏のらくださんが死んだんです」

「おい、喜ばせんな、本当か。生き返るようなことはねえだろうな。頭ぁ潰《つぶ》しといたか」

「蝮《まむし》じゃないですか、まるで。生き返ることはありませんよ、ゆうべ、フグ食べて死んじゃったんですから」

「あの野郎がか。そりゃあいいことを教えてくれた。なにしろこの町内で、あいつくらい憎らしいやつはねえよ。見世の物を黙って持ってくんだから。あ、らくださん、お代はと言うとな、付けといてくれって返辞だ。ところが付けを払ったためしは、ほんの一度だってありゃしねえ。うちだけじゃねえよ、魚屋、酒屋、炭屋、古着屋、荒物屋、菓子屋、見世という見世は軒並《のきな》みやられてら。それが死んだとなりゃ、みんな大喜びだろうぜ。ありがとう。わざわざ知らしてくれて」

「で、そのらくださんの兄ぃって人がいましてね。早桶買うことができないから、こちらさんの菜漬の樽を一つ、古いんでいいからもらってきてくれって」

「おい、屑屋さん。商売物だよ」

「そりゃあわかってますが、くださいよ」

「だめッ」

「空いたらすぐ洗って返します」

「おまえもどうかしてんな。死人なんぞを入れちまったら、あとで使えねえだろ。だめだよ」

「だめですか。だめとなると、こりゃお座敷が忙しくなってきた」

「なんだい、お座敷ってのは」

「死骸のやり場に困っております、こちらさまへ死人を担いで来て、かんかんのうを踊らしてご覧にいれます」

「その野郎が言うのかい、踊らしてもらおうじゃねえか。おれはまだ、死人の踊りってのを見たことがねえからな。踊らせろってそう言え」

「じゃあ、やってもいいんですね」

「なんだい、やってもいいんですねとは。やに念を入れた言い方じゃねえか。どっかでやってきたのか」

「ええ、いま大家さんとこでやってきたんですよ。酒三升寄越さねえって」

「やったのかい。裏に五、六本あるから、古いの選んで持ってきな。かんかんのうはごめんこうむるってな」

「あの、親方。この天秤《てんびん》もくださいな」

「それ一本きゃねえんだよ」

「いけなきゃ、かんかんのう」

「持ってけ、持ってけ。こんちくしょう」

行ったり来たりだけでも大変なのに、荷物があるのでたまらない。樽を担いだ屑屋の久さん、真赤な顔をして長屋にもどった。

「ご苦労、ご苦労。骨折らしたな」

「ちょっと水で樽を湿《しめ》し、縄を五、六本と、天秤棒も持って来ました」

「気が利くじゃねえか。おめえのおかげで長屋から香典が届いた。たいして寄りゃしねえがな。それに大家んとこから、酒三升を持って来やがった。煮しめとおまんまは、あとから炊いて届けるってよ。一杯やってみたが、なかなかいける酒だ。さ、一ついこうじゃないか」

「いえ、あたしは飲まないことにしてますんで」

「飲まないことにしてるってことは、飲めるってことじゃねえか。いいから飲めよ」

「飲みますと商売へ出るのが、億劫《おっくう》になりますから。まあ、そっちに預けときましょう」

「やなこと言うなよ。さっきおまえは、死人を担いだんだ。こいつを一杯ぐうっと引っ掛けて、身体を浄《きよ》めて行きな。おれが注《つ》いでやるから」と、それでも屑屋がためらっていると、半次の声が一段と低くなる。「この野郎、飲まねえのか、やさしく言ってるうちに」

「すぐそれだから、手斧目の半次さんは。飲みますけど、そのかわり少しにしてくださいよ。ええ、それでいい……あァッと、しょうがないなあ、こんなに注いじゃ、茶碗がおおきいんで飲みきれませんよ」

しかたなくというふうに口に含んだ屑屋の顔が、一瞬のうちに変わった。

「こりゃ、上等の酒ですね」

「味がわかるってことは相当いける口だな」

「こんないい酒を三升も持ってきたんですか、大家さんが。かんかんのうが怖かったんですね。なにしろ有名な握り屋だから、出す大家じゃないんですよ。しかし、効きますねえ」

「なにぃ感心してんだ」

「今もね、八百屋さんへ行って、樽をくれったら、だめだってから、そいじゃかんかんのうだぞったら、持ってけって……うまい手だね、かんかんのうは」

「いい飲みっ振りだな」

「褒《ほ》めてないでもう一杯注いでくださいよ。駆け付け三杯って言うじゃないですか。一人で働いたもんで咽喉が渇いて」

「飲ましてやらあ。おめえがかんかんのうで稼いだ酒だからな。だが、そのめえに話がある」

「なにもかも終わったんでしょう。香典は十分ではないにしろ集まったし、通夜のための酒も届きました。早桶代わりの菜漬の樽も手に入れました。笊と秤を返してもらって、あたしゃ仕事に」

「ちょっと待て。屑屋さんにあちこち廻ってもらってるうちに、これまでのことを洗い直してみたのよ。ほんでな、大家と月番にたしかめたいことがあるので、二人を呼んできてもらいてえ」

「あたしがどれほど働いたか、知ってるでしょう」

「わからいでか、などと声を荒らげるつもりはねえ。だから呼んで来いってんだ。おとなしく言ってるうちに」

「また、それだ。おとなしくないじゃないですか」

「もし、あれこれ理屈をこねて、来ないようなら、こう言え。らくだの馬が死んだ件について、気がかりなことがありますので、ぜひともお越しいただきたい、とな」

「らくだの馬が死んだ件ですって。フグにやられた以外になにがあるってんです」

「つべこべ言うな。もしぐずぐず言いやがったら、こっちにも考えがあるんだ。来てもらえないなら、これから御奉行所に訴えますが、よろしいですかと、そう言うんだ。行って来い」

四

らくだの馬が死んだ件云々《うんぬん》という、手斧目の半次の決台詞《きめぜりふ》が効いたのだろう、顔色を変えた大家と月番が、屑屋といっしょにやって来た。

大家と月番がなにか言うまえに、半次がいかにもあきれたという顔で言った。

「なんでえ、二人ともまだいたのか」

「まだいたのか、と申されますと」

大家が月番と顔を見あわせて、訳がわからないという顔になった。

「だがそのめえに、二人には礼を言わにゃならねえ。酒をありがとよ、大家さん。飯も炊いて、煮しめといっしょに持って来てくれるんだってな。それから月番さんには、香典を集めてもらった礼を言うぜ。これで通夜ができる。らくだの馬も浮かばれるだろう」

「大家としましては、店子のことゆえ当然ですが」

ちいさな目で睨まれて、それまでさんざん渋っていた大家は一瞬ひるみ、それから恐る恐る続けた。

「まだいたのか、にはどのような」

「気になるか？　ま、当然だがな」

「当然だ、と申されますと」

「らくだの馬は、フグにあたって死んじまったようだ」

「やはり」

そう言った月番を半次はジロリと見た。

「なにか、心当たりがあるのか」

月番はちらりと大家を見てから答えた。

「ゆうべ、湯の帰りにらくださんに会ったら、おおきなトラフグをぶら提《さ》げてましたんでね、そんなもんをやったら、あたるぜって言ったんですが」

「たしかに言ったんだな」

「え、ええ」

「おなじ長屋の者として、思いやりがあるじゃねえか」

「だれだってほっとけないでしょう。しかし、らくださんは、フグなんてもんはそうあたるもんじゃねえ。こっちからあたってやらあ、なんて笑ってましたが」

「ほんじゃ、今日、らくだの長屋を覗《のぞ》いてやったのか」

「え、いえ。ただ、いつも起きるのが遅いですから、らくださんは」

「だろうな。だがそれについては、取り敢《あ》えずはよしとしよう」

大家と月番が、またしても視線を交《か》わした。

「おれが長屋に来てらくだが死んでるのを知り、屑屋さんにおめえさんたちに報せてもらった」

「ええ、驚きました」

「驚いただけじゃすまないはずだぜ。え、お二人さんよ」

半次は、自分の言ったことが、大家と月番の胸に染《し》み透《とお》るのを待つように、しばし間を置いた。

「長屋で泥坊騒ぎや殺傷沙汰《せっしょうざた》がありゃ、月番が大家に報せ、自身番に走って、定町廻り《じょうまちまわ》り同心が来るのを待つことになってるんだ。特に人死《ひとじに》が出りゃ、自身番に報せ、町奉行所に届けるのが決まりになってるだろう」

「たしかに」

「行ったのか」

大家と月番は困惑しきった顔を見あわせた。

「当然、報せただろうな。ま、自身番はおなじ町内で近《ちけ》えから、報せてもどり、町方が来るのを待ってるところだろうが」

「しかし、らくださんはフグを喰って死んだって、わかってますから」

「てことは、報せてねえんだな。わかっていたって、町奉行所の検視役の同心か、奉行所の決めている町医者がたしかめて一筆書かねえと、焼場《やきば》も寺も死人を受け付けてくれねえぜ」

「この長屋で、その手の人死の出たことはありませんものですから」

「そんな言い訳が通るか。それに大家だ家主だとなりゃ、知らねえですまされんはずだがな。おい屑屋、一人で飲んでねえで、大家さんと月番さんにも飲んでもらえよ。二人にはなにかと世話になったんだから。一人で飲んでちゃ、通夜にならんだろうが」

大家と月番があわてて手を振った。

「いえ、わたしどもはとても」

「らくだが、おおきなトラフグをぶら提げてたと言ったな、月番さん」

「へえ。自分で料理すると言っていましたんで、危ないからおよしよと」

「料理すると、たしかにそう言ったのか」

手斧目の半次に睨まれ、しかも二度もおなじことを確認されて、月番はどぎまぎした顔になり、ちいさな声で答えた。

「言いやした」

「湯の帰《けえ》りだったそうだな。湯屋は五ツ（午後八時）に湯を落とすから、そのまえってことか。で、月番さんよ、なんで今日、らくだんとこを覗かなかったのだ。声ぇ掛けなかったのだ」

「さっきも言いましたように、らくださんはいつも起きるのが遅いですので」

「普段ならわからないこともねえ。しかし、ゆんべはらくだがトラフグをぶら提げて、しかも自分で捌《さば》いて喰うと言ってたんだろう。起きてこなきゃ、フグにあたって死んだんじゃねえかと、心配するのが普通じゃねえのかい」

「ですから、起きるのが遅いですから」

「理由にはならねえが、ま、それは置いておこう。おれが長屋に来たとき、らくだはそこで伸びていた」と、半次は顎をしゃくった。

「台所の流しにフグの頭や骨、鰭なんぞが捨ててあったな。鍋には箸を突っこんだままで、食べ残した肉やアラが散らかっていた。どう見ても、らくだがフグを料理して喰い、毒にあたって死んだとしか思えねえ。だがおれは、しっくりこないものを感じてな」

「しかし、そこまで明らかだと、まちがいないのではありませんか」

慎重な言い方をした大家を見据えながら、半次がゆっくりと言った。

「まえの晩、月番さんが、トラフグをぶら提げて帰るらくだを、見ている」

「ええ」

「フグを料理したあとがあり、喰ったのはまちがいないと思われる。そして、運の悪いことにあたっちまった。そういうことだな」

「ほかには考えられないでしょう」

「おれはこの長屋は初めてなんで、らくだが料理をしているのを見たことはねえ。大家さんと月番さんは、ご覧になってますかい」

「料理はしてたんじゃないですか。料理ってほどじゃないが、七輪で秋刀魚《さんま》を焼いてたことがあったし」

「煮物の匂いが、らくださんのところから漂《ただよ》って来たこともありますから」

「それはたしかだな」

大家と月番は不安そうな顔になったが、またしても顔を見あわせ、ごくりと唾《つば》を呑むとうなずいた。小柄な月番の猫背が、さらに縮《ちぢ》まって丸くなったようだ。

「らくだは料理するようなやつじゃねえが、秋刀魚を焼き、煮物をしていたとしよう。だがな、フグを喰うことはねえのだ」

「しかし、トラフグを提げたらくださんを」

「嘘だ。大嘘だ。月番が嘘吐《つ》きなら、大家も同類だ。おめえら口裏をあわせてるな。そう言や、おれがなにか言うたびに、心配そうに顔を見あわせてやがった」

「とんだ言い掛かりで、そこまでおっしゃるなら、わたしも黙っていませんよ」

「大家さんよ、そんな大口叩いていいのか」

「黙ってりゃいい気になりやがって、どこ《そこ》の馬の骨ともしれねえ、おまえのような半端《はんぱ》な出来損ないに」

「おう、立派な口を利いてくれたがな、手斧目の半次さまを舐《な》めんじゃねえぜ。口から出まかせで、こんなことが言えるかよ。らくだの馬はな、絶対にフグを喰わねえのよ」

「絶対にって」

顔を強張《こわば》らせた大家を見て、半次はゆっくりと続けた。

「ああ、絶対にフグは喰わねえ。むりやり口を開けて押しこんでも吐き出す、そういうやつよ」

半次の確信に満ちた口振りに、大家と月番は顔を見あわせたが、その顔は不安というか怯えの色が濃かった。それを見て、半次はにやりと笑った。

「そうよ。喰う訳ねえやつが、フグにあたって死ぬはずがなかろう。だからフグにやられたとしたら、だれぞに、なんらかの訳があって喰わされたのよ」

自信を漲《みなぎ》らせて断言した半次に、二人とも蒼白な顔になった。

「侍《さむれえ》はフグを喰わねえってことだな。たとえば長州《ちょうしゅう》の毛利《もうり》家では、厳しい処罰を決めていると聞いた。フグにあたって死んだ侍は、禄《ろく》を取りあげられ、家名断絶などの厳しい罰が決められてるってことだ。これについちゃ、どこのお大名でもおなじようなもんだろう。侍はお家のために死ぬもので、フグなんぞ喰って死んじゃならねえんだよ」

「どうして半次さまは、そういうことにお詳しいので」

大家に言われて半次は苦笑した。

「舌の根の乾かぬ内に、どこの馬の骨ともしれねえ半端な出来損ないが、半次さまに格があがったのは、どういうことでえ」

「お怒りはごもっともですが、どうか、どうかお平《たい》らに」

「おれの睨んだとおり、後ろめたいところがあるにちがいねえ」

「なにも、そんな」

「二人とも、らくだがおっ死《ち》んでることを知っている。屑屋さんに報せてもらったんだからな。その長屋に来ながら、どうして仏を見ようとしねえ。なんで目をそむけてるんだ。ここに来て、一遍もらくだを見てねえじゃないか」

「死人は気色《きしょく》悪いし、そうでなくても怖いもんです。それが、怖い怖いらくださんの屍《かばね》となると、とてもじゃないですが見られませんよ」

「うしろ暗いところがあるからだ。殺した男の姿は見たくねえだろうからな」

「殺したですって。そ、そんな。なにをおっしゃられます」

「まあ、見なくてかまわん。お役人が来るまでは、触ることも動かすこともならねえからな」

「さっき、動かしたよ」と、黙って飲んでいた屑屋の久六が言った。「しかも、かんかんのうを踊らせた。大家さんのまえで」

「だからもとどおりに寝かせたじゃねえか」と、半次が苦い顔で言った。「黙ってりゃ、わかりゃしねえよ」

咽喉が渇いたのだろう、半次は茶碗の酒を一息に飲んだ。すかさず屑屋が注いでやる。

五

「言われたことに答えにゃならねえ。おれがなぜ、武家の決まりなんぞに詳しいか、ってことだったな」

「ぜひ伺いたいもので」

「らくだの馬に何度も聞かされたからよ。今でこそ落ちぶれちゃいるが、もとを糺《ただ》しゃあ毛利家の家臣だと、なにかあると自慢してやがった」

「そうでございましたか、あのらくださんがねえ」

「人は見かけだけではわからんぞ。もとお侍の芸人がいるかと思やあ、旗本や御家人の娘が、親の借金を払うため女郎になってら。そんなのがわんさかいるのだ。おれだって、ご先祖さまは二本差しかもしれねえ。らくだの馬が毛利家の家臣であっても、ふしぎはなかろう」

「たしかに」

「ま、嘘か真《まこと》かはわかんねえがな。大方、大名の下《しも》屋敷の中間《ちゅうげん》部屋で博奕《いたずら》をやっておって、小耳に挟んだんだろう。おれはそう見てるのよ。もしかすると、毛利家の下屋敷、かもしんねえぜ」

つまらぬ冗談に半次が笑うと、大家と月番は、強《し》いられでもしたようにお愛想笑いをした。

「ただし、らくだの祖父《じい》さんがフグにあたって死んだってのは、どうやら本当らしい。痺《しび》れる舌をもつらせながら、わが家の者は以後、絶対にフグを喰ってはならん、と遺言したとのことだ。わが家、なんてことからすりゃ、侍であってもふしぎはねえ」

「さようでございますな」

「毛利家の家臣だった祖父さんがフグにあたっておっ死んだので、禄を取りあげられて親父さんは浪人となり、挙句《あげく》の果てにらくだはならず者に落ちぶれた。どうでえ、筋が通ってるじゃねえか」

「はあ、たしかに」

「それは冗談としても、どうやら遺言は嘘じゃねえと、おれは見てるのよ。祖父さんの遺言なら、乱暴者のらくだでも守らにゃならねえ。だからかもしれんが、らくだはやけにフグに詳しかった」

「詳しいと申されますと、毒にでしょうか」

「それもあるが、フグにはどういうのがあるか知っとるか」

「トラフグ」

そう言ってから、月番は思わず首をすくめた。

「らくだが喰ったと、おまえらが言い張ってるフグだな」

「マフグ」

と、これは大家だがあとが続かない。

「ほかにもクサフグ、シマフグ、ゴマフグ……もっと聞いたが、忘れちまった。あ、そうだ、キタマクラって妙な名前のフグもあるらしい」

「毒が強いんでしょうかね」

「どうして」

「死んだ人は北枕で寝かせますでしょう。喰った途端に北枕って、そのくらい毒が強いのかと」

「喰った途端に北枕ってか、大家さんはおもしろいことを言う。ほんじゃフグの毒ってのが、どれくらい続くか知っとるか」

「いえ、存じません」

半次がなにを考え、自分たちをどうしようと思っているかわからないので、不安なのだろう。大家と月番は、真剣に半次の話を聞いている。

それには関係なく、屑屋は黙々と飲んでいた。あれだけ笊だ秤だと騒いでいたのが、嘘のようであった。

とっくに仕事のことは忘れてしまったようだが、したいと思ってもすでに夕刻が迫っている。出掛けたところで邪魔者扱いされるのが関の山なので、腰を据えて飲む気になったらしい。

「四刻《よんとき》（約八時間）だそうだぜ。いくら危なくても、四刻をすぎれば大丈夫ってこった。案外早く毒は消えるが、当の本人や周りの者にとっては長かろうぜ」

「長《なご》うございましょうな」

「フグ毒が廻ると、まず最初に唇や指先が痺れるそうだ。それから舌がもつれて、うまく口を利くことができず、同時に足が立たなくなる。すると吐気《はきけ》が出て、やがて思うように息ができなくなり、トドの詰まりがお陀仏《だぶつ》、一巻の終わりってことだな」

「ただひたすら、四刻がすぎるのを待つしかないのでしょうか」

「そういうことらしい」

「あの」と、恐る恐るとでもいう調子で月番が訊いた。「真っ裸にし、首だけ出して土に埋めるとか、イカの墨《すみ》を飲ませたり」

「柿のヘタを煎《せん》じた汁を飲ませるとか、砂糖水を飲ませるといいと言われているが、と言いてえんだろう」

「だめですか」

「迷信らしいぜ、どれも。フグを鉄砲と言うのは、あたったら死ぬからだ」

「フグは喰いたし命は惜しし、と申しますけれど」

大家がそういうと、半次は何度もうなずいてから、おもむろに言った。

「喰いたくて喰い、死んだやつは自業自得だが、喰いたくもねえのに喰わされ、おっ死んだらくだの馬は哀れだなあ。さて、本題に入るとしようぜ、お二人さんよ」

手斧目の半次にそう言われ、大家と月番は顔を強張らせた。

「らくだがフグを喰う道理がねえのに、流しにフグの残骸が捨ててあったり、喰いさしの鍋があったのはどういうことだ」

「どういうことだ、と申されますと」

「よく聞けよ、大家さんに月番さん。らくだが料理して喰ったという、証拠を残さねばならなかったからよ。つまり長屋以外の者に見付けさせ、それから自身番屋なり町奉行所なりに届ける必要があったからだ」

本来なら棒手振《ぼてふ》りや屑屋のような、長屋の住人以外の者に気付いてもらうのが一番いいが、間の悪いことに、最初に気付いたのが手斧目の半次であった。

長屋の者ではないが、らくだの兄弟分だということで不安になったのだ。なにか自分たちの不利になるようなことを、知っているのではないだろうか、と。だから見極めが付くまで、ようすを見ようということになったにちがいない。

「なぜそのような」

大家がなにかを探り出そうとでもするように言うと、半次が答えた。

「らくだが自分のまちがいで死に、長屋の者はいっさい関わっていないことにしなければならねえからな」

大家も月番も黙ったまま下を向いてしまった。それを見て半次は自信を強めたようで、余裕たっぷりな顔になっている。

「おれはな、らくだはフグを喰って死んだと睨んでんだ」

「ですがこれまでは、喰わない、喰っちゃいないと」

大家が戸惑《とまど》ったような顔で言ったが、月番はうなだれたままだ。

「ああ、そうよ。自分からは喰っちゃいねえが、知らずに喰わされたかもしれねえと言ったじゃねえか」

「ど、どういうことですか」

「らくだは憎まれ者だ。ひと思いに殺したいというやつは、大家さんや月番さんだけではないからな。長屋で害に遭っていない者はねえ。表通りの見世だってそうだ。軒並み品を持って行かれて、金を払ってもらっちゃいねえ。だれもが、らくだぁ憎んでいる。そうだな、大家ぁ、えッ、月番よ」

半次が二人に「さん」を付けたり付けなかったりするのも、不安を掻《か》き立てるらしい。半次も、その辺の効果を考えているのだろう。

黙って飲んでいる屑屋が、ときおりにやりと笑う。

「だが、たやすく殺せる相手ではねえ」

そう前置きして半次は話した。

酒を、それも泥酔するほど飲ませてなら、いかならくだでも殺せるかもしれない。

しかし、酔い潰れたらくだを棒で殴るにしても、九寸五分《くすんごぶ》で刺すにしても、紐か縄で首を絞めるにしても、水を張った大盥《おおだらい》に何人もで頭を押し付けて溺《おぼ》れさせるにしても、そんなことは長屋の住人には、恐ろしくてできないだろう。

たとえできたとしても、町方の同心が調べるまでもなく殺されたことはすぐにわかる。だれが殺したかも、当然だが簡単に突き止められるはずだ。

「一番いいのは、フグの毒で死んでもらうことだな」

うつむいたままの月番が、顔をあげて半次を見、すぐに目を伏せた。大家は腕を組んだり、口を歪めたり、頰を引き攣《つ》らせたりしながら、こちらもちらちらと半次を盗み見る。顔に浮いたは、脂か汗か。

らくだにフグを喰ってもらうには、ちょっとしたお礼か、それともお詫《わ》びか、なんらかの理由を作って、フグ鍋を差し入れるのが一番いい、というのが半次の考えだ。

らくだはこの長屋に来て三年だという。とすれば、フグを喰わないことをだれかが知っていてもふしぎではない。

「だから、いい鯛《たい》が入ったとかなんとか言って、喰わせたにちげえねえ。フグを喰ったことのねえらくだには味がわからねえから、うまいうまいと大喜びで喰ったんだろうよ」

死ぬのをたしかめてから、いかにも自分で料理して喰ったように細工《さいく》したのだ。流しにフグの頭や骨を捨て、鍋には箸を突っこんだままにしておいた。トラフグをぶら提げたらくだに、月番が注意したなどというのも、そのおりに考えたのかもしれない。

「しかし、半次さん。見てきたかのようにおっしゃいますが、それはあくまでもあなたのお考えで」

「ああ、そうだ。だがな、ほぼまちがいないはずだぜ」

「ですが、お役人が半次さんのおっしゃることを、果たして信じるでしょうかね」

「なにが言いてえのだ」

「こんなことを言っちゃなんですが、わたしは店子三十二軒の面倒を見てる大家です。月番の庄助さんは、地道に生きている居職《いじょく》のお職人です」

「それに比べて手斧目の半次は、なにをやって喰ってるのかもわからぬ、半端者だと言いてえんだろう」

大家は答えなかったが、それは認めているということにほかならない。

途端に半次の形相《ぎょうそう》が凄まじいものになった。ちいさな目が茶碗や丼鉢のようにこそならなかったが、底光りの威力は思わず震えあがるほどである。眉がほとんどないくらい薄いのも、不気味さを倍増させた。

「おいおい、おだやかに付きあっちゃいたが、実を言やあ、おれの腹の中は煮えくり返ってんだぜ」

六

言葉とは裏腹に静かな話し振りなので、却《かえ》って聞く者の心胆《しんたん》を寒からしめるものがある。大家も衝撃を受けたようだが、懸命に立ち直ろうとしているのが、息が荒くなったことでわかった。

「おれの胸は、やり場のない怒りで張り裂けそうになってるんだ。おれは怒り狂ってる。なぜだかわかるか。罪もない男を、何人もで寄って集《たか》ってぶち殺し、口を拭《ぬぐ》って知らん顔をしてるからよ。フグを喰って死んだことにし、闇から闇に葬《ほうむ》ろうとしてやがるからだ。殴りあうなり、刃物で渡りあうなどして、ちゃんと闘ったならまだ許される。それが闇討《やみう》ちだ、だまくらかしだ」

なにか言い掛けた大家だが、思い直したのか黙ってしまった。

「知っていながら知らぬ振りを決めこんでるやつも含め、おれは長屋じゅうでやったと睨んでる。だがおれが怒り狂う相手は、狂言の筋書を書いた二人、大家と月番だ」

「信じてはくれませんよ」

大家がそう言ったが、居直ったのか、半次の言うままになるのが耐えられなかったのか、まではわからない。いずれにせよ追い詰められて、であればと肚《はら》を括《くく》ったようであった。

「なんだって。なにを信じねえってのだ」

「らくだがフグを絶対に喰わぬ。それを言ってるのは半次さん、おまえさんだけじゃないか。長屋の全員が、らくだがフグをぶら提げてるのを見た、捌いているのを見たなどと言い張れば、だれがおまえさんの言うことを信じるかね。しかもらくだは死んでるんだ」

「死人に口なしと言いたいんだな」

「そのとおり」

「野郎、とうとう本性《ほんしょう》を現しやがった。自分たちがらくだを殺しました、そう白状したようなもんじゃないか。許せねえ、絶対に許せねえぜ。おれは二人の首を三尺高い台の上に晒《さら》さにゃ、腹の虫が治まらねえ。怒り、憤《いきどお》りが鎮《しず》まらねえのよ。なぜなら、たった一人の兄弟分を殺されたのだからな」

「ははは、笑わせてはいけないね」

三人が、つまり大家に月番、そしてだれよりも手斧目の半次が、度肝を抜かれたような顔になって、腰を浮かしかけた。

終始、気弱そうにおどおどとしていた屑屋が、薄笑いを浮かべている。初めて見せた顔だ。このしょぼくれた初老に、こんな一面があるとだれに想像できただろう。

話の輪に加わらずに飲んでいたので、三人は屑屋がいることを、いつの間にか忘れていたのである。それだけに驚きはおおきい。酒が屑屋を変えたのか。それにしても、声の調子や話し振りは、とてもおなじ人物とは思えない。

「たった一人の兄弟分と言いましたな」

「そうよ」

とは言ったものの、予想外の屑屋の一撃に半次はどことなく及び腰に感じられた。

「だったら、らくだの馬の名を聞かせてもらえませんかね」

そう言う屑屋に押され、半次は戸惑いがちに答えた。

「馬か、馬は馬よ」

「馬五郎、馬吉、馬之助、その辺りだと言ったはずですが」

「ああ」

「知らないんでしょう。それに半次さん、あなたはこうも言いましたよ、らくだが兄貴兄貴って言うが、おれぁ、兄弟分になったつもりはねえ、ってね。ところがついさっき、たった一人の兄弟分を殺された、だから怒り狂ってると、そう言ったはずです」

「ああ、言ったがどうした」

「らくだの兄弟分になったつもりはないのに、たった一人の兄弟分が殺されたってのは、どう考えたっておかしかありませんかねえ」

「久六よ、おまえ少ぅしばかり、飲みすぎてんじゃねえのか。それにあまりいい酒じゃねえな」

大家のところから届いた三本の一升徳利の一本は、空《から》になって転がされていた。半次がもう一本を振ってみると、どうやら半分も入っていないらしい。屑屋がほとんど一人で、一升五合あまりを飲んでしまったのだ。それも時間をかけて、ゆっくりとではない。わずか四半刻（約三十分）か、せいぜい半刻（約一時間）のあいだに、である。

「あまりいい酒じゃねえ、ですか。そうですよ。あたしが屑屋になったのも、もとはと言えば酒のせいですからね」

「だったら、控《ひか》えたらどうなんだ。その目は酒乱の目だぞ」

おだやかだった屑屋の顔が、一瞬にして別人のようになった。血走った目で半次を睨み付けると、右足をドンと踏み出して立膝になったのである。その剣幕に、思わず半次は身を引いた。そんな半次に屑屋が追い撃ちを掛ける。

「酒乱で悪いか。だから、飲まねえことにしてると言っただろうが。なのに半次、おめえはむりやり飲ませやがったな。嫌がるあたしに、死人を担いだのだから身を浄めるために飲めと、むりに飲ませやがったんだ。忘れちゃいねえだろう」

　屑屋の久六は酒を呷《あお》り、半次に茶碗を突き出した。半次は思わず徳利の酒を注いだが、放心したような顔で、目の焦点はあっていない。

「あたしは酒の上で喧嘩《けんか》になって、相手を半殺しの目にあわせたんだ」と低い押し殺した声で、屑屋の久六は続けた。「殺していたらどうなったかわからねえが、相手は運よくか運悪くか、命を取り留めたのよ。ところが周囲《まわり》のだれもが、悪いのは相手で、先に仕掛けたのもあっちだったと言ってくれた。おかげで罰は受けずにすんだが、見世をなくしてしまってな。商売相手を半殺しにしたのだから、そんな男の見世に客が来る訳がねえ。半年と保《も》たなかったが、当たりまえだろう。なれの果てが屑屋よ」

「久六がそういう」

「久六が、ってか。おめえのような雑魚《ざこ》が、馴《な》れ馴れしく名を呼ぶんじゃねえ。建場《たてば》に行って訊いてみろってんだ。屑屋の久六と言やぁ、ちったあ知れた名だぜ。一升二升の酒が入って普通なんだよ、あたしは。土佐《とさ》には酒飲みがそろっていてな」

　おれ、とか、わたしと言わずに、あたしと言うのが不気味で、単なる商人ではなかったと思わせる。手斧目の半次は、すっかり調子を狂わされたようで、つられたように間抜けな問いを発した。

「おめえ、土佐の出なのか」

「馬鹿野郎が、話の腰を折るんじゃねえ。には、と言ったろう、土佐には、って」

「す、すまねえ」

「土佐には酒飲みがそろっていてな、当地《あそこ》では一升飲んで一人前だそうだ。少々飲めますと言えば、升と升で二升、多少飲みますと言うとそれより多い、ま、三升以上飲むってことだ。あたしゃ土佐ふうに言えば、多少飲めるってことになる。おう、半公よ。話は付けてやるが、ちょっと待て」

屑屋の久六は、面を外《はず》しでもしたように普段の顔にもどると、穏やかな声で月番に言った。声も調子も素面《しらふ》と少しも変わらない。まるで、黒白の紙を裏返しでもしたかのようだ。

「すみません、月番さん。使い立てして悪うございますが、自身番まで報せていただけませんでしょうか。本来ならあたしが行くべきですけれど、微酔《ほろよい》加減で、いや、酔っちゃいません。ね、普段どおり話してるでしょ。酔っちゃいなくても、息が酒臭いですし、屑屋じゃ自身番でもまともに扱ってくれません。その点、月番さんなら信用がありますから。で、こう言ってもらいたいんですが」

ついさっき、長屋のらくだがフグを喰って死んでいるのを、兄貴分である手斧目の半次と屑屋の久六が見付けた。すぐに大家さんと月番のわたしに報せてくれたので、番屋に届けに参りました、と。

「よろしいか。この時刻だと、定町廻りの同心さんは廻りを終えたあとでしょうから、お手数ですが番人さん、御番所まで報せていただけませんか。そう言ってもらいたいんですよ」

「わ、わかりやした」

月番は屑屋の変わりように目を白黒させていたが、半次を一瞥《いちべつ》すると、らくだの長屋を飛び出した。

「これでよし、と」

「おい、久さん。話がちがうじゃねえか」

手斧目の半次があわてて遮《さえぎ》ったが、久六は鼻先で笑った。それが半次をムキにさせたようだ。

「それに嘘はいけねえなあ。らくだの死んだのに、ついさっき気付いたばかりだと言えってことだが、おれが長屋に来たのは八ツ少しすぎだ。やがて六ツ（六時）になろうってのに、ついさっきはおかしいじゃねえか。町奉行所に嘘を吐きゃ、叱られるぐらいじゃすまねえぜ」

「半公、ドジ、間抜け。おまえはどこまで馬鹿なんだ。月番さんが正直に言ってみろ、八ツにらくだが死んでいるのを知りながら、なぜ六ツまで報せなんだのだ、となりゃあ。報せちゃ困ることがあったので、よからぬ相談をしていたにちがいねえと、大家さんをはじめ長屋のみなさんが、痛くもねえ腹を探られるんだぞ」

「痛くもねえ腹だと、どこが痛くもねえだ。大痛《おおいた》じゃねえか」

「黙って聞けってんだ。おめえは無宿者《むしゆくもん》だろうが、そうなりゃ、いっしょにいたというだけで伝馬町《てんまちよう》の牢にぶちこまれる。そんなことさえわかってねえから、大馬鹿野郎ってんだよ」

屑屋の久六の急変にしばし自分を失っていた半次だが、ようやくならず者の自分を取りもどしたようである。

「ああ、わからねえな。おれは罪もないらくだの馬が、そりゃ、やつはいくらか乱暴かもしれんが、たったそれだけで、長屋の連中に殺された。それが許せないと言ってんだよ。長屋じゅうが寄って集って、たった一人の罪もねえ男を殺したんだぜ。こんなとんでもねえことを、そのままにゃしておけんだろうと言ってんだ。そのどこがまちがってるんだ」

「まちがってねえよ、半次」

「だったらどうして、ありのままを御番所に報せねえ」

「それでいいのか」

「ど、どういうことだ」

「もしそうなりゃ、半公のねらいどおりにゃいかなくなるんだぜ」

「屑屋ぁ。久六さんよ、なに訳のわからねえことをほざいてやがる」

「おれがおめえの企《たくら》み、ねらいに気付いてねえとでも思ってんのか」

「ねらい、だと」

七

「そうともよ。大家さんと月番さんをさんざん脅し付けて、目いっぱい金をふんだくろうと思ってやがんだろう。いや、それほど可愛《かわい》くはねえな。いい金蔓《かねづる》ができたと、蛭《ひる》みたいに喰い付いて、相手が乾涸《ひから》びるまで血を吸い尽くしてやろうって腹にちがいねえ」

「とんでもねえ言い掛かりだ。話にもなんにもなりゃしねえ」

「じゃかましい」

「なんと言おうと、そんなつもりはまるでねえよ」

「半公、おめえに会ったのは今日が初めてだがな、おめえがどういう人間でどういうふうに生きてきたかは、名前を聞いたときから、あたしゃお見透《みとお》しだぜ」

「名前がどうした」

「大層なというか、チンケというか、笑いたくなるような名だな」

「名前のことで人を馬鹿にすると承知しねえ。おとなしいおれも終《しま》いにゃ怒るぜ」

「手斧目の半次」

屑屋は半次を睨み付けたまま、ぎょっとするほど凄みのある声で呶鳴り付けた。半次だけでなく、大家も思わず体をのけぞらせたほどである。

「てめえの名前、手斧目の半次をくっ付けたらどうなる」

「なにが言いたい。なぜくっ付けにゃならんのだ」

「くっ付けりゃ、チョウハンじゃねえか。しがねえ博奕《ばくち》打ちでござんすと、名が示してるってのよ。名は体《たい》を表すというからな。そんな半公にできるのは、強請《ゆす》りたかりくらいなもんだろうよ。大家さんと月番さんから、搾《しぼ》れるだけ搾り取ろうってのは見え見えだ。それがわかっていて、黙ってるほど屑屋の久六はお人好しじゃねえ」

「お人好しだよ。それも飛びっきりのな。言葉の遊びが好きなだけの」

「言葉の遊びが好きなだけ、だと」

「手斧目の半次がチョウハンってか、と笑いたくなるぜ。それで思い出したのが、馬公の名前よ」

「ほほう。それがどうした」

「馬公の名を訊かれ、馬五郎とか馬吉、それとも馬之助、もしかしたら馬鹿《うましか》かもな、とおれが言った」

「ああ、覚えてるとも」

「あんとき久六、おまえはテヘッと、妙な声を出しやがった」

大家があきれ顔で、屑屋の久六と手斧目の半次の遣《や》り取りを聞いている。自分が話の輪からはずれたことで、冷静に聞けるようになったからだろう。となると、ちょっとのことで攻守が入れ替わる二人の攻防は、おもしろくてならないはずだ。

「あのテヘッは笑ったのだろうが、てことはウマシカがバカだとピンときたからじゃねえのか。だから言葉の遊びが好きなだけの、お人好しの屑屋と言ったんだよ。おれはあんとき、この屑屋はそこら辺にいる屑屋とはちがうなと思った。さっきそれがわかって納得したぜ。一軒の見世を張っていたと言う。でありゃ、無筆である訳がねえ。ウマシカがバカだとわかって当然だ」

「この野郎、おめえのようなケチな丁半《ちょうはん》下種《げす》に、言葉遊びが好きなだけのお人好しと鼻先で笑われ、おれがどれほど……」と言い掛けて、屑屋はなにかを思い出したようだ。「おい、半次。おめえさっき、やり場のない怒りで胸が張り裂けそうになっていると言ったな」

「ああ、言った。罪もないらくだを、何人もが寄って集ってぶち殺し、口を拭って知らん顔をしてるからよ。フグを喰って死んだことにして、闇から闇に葬ろうとしてやがるからだよ。それがわかっていて怒らぬやつは、男じゃねえ」

「そりゃ半公、おめえが大小のわからぬ、下っ端の博奕打ちだからだぜ」

「な、なにが言いてえんだ」

「世の中には、大のためには小を捨てねばならんこともある。大というのはおおきいことだが、たくさんの意味もあるのだ」

「妙なこと言って、おれを煙《けむ》に巻こうって気か」

「そんな気はねえが、そうなるかもしれねえな」

「なにが言いたいんだよ。禅坊主みたいに、訳のわからんことをほざくのはやめろ」

「何度も言ったり言われたりしてんで、さすがにうんざりだが、繰り返そう。らくだの馬には身寄りがねえな」

「ねえ」

「兄弟分はいねえが、いたとしても手斧目の半次の兄貴ただ一人だ。そうだな」

「ま、そうだ」

「だとすりゃ、おっ死んでも、悲しむやつは一人もいねえ」

「おれがいるじゃないか。名前を挙げておきながら、よくも」

「お、すまん。うっかり忘れるところだった」

「けッ、白々しい」

「悲しむやつは、ではなかった、嘆《なげ》き悲しむお方は、広いお江戸でただ一人、手斧目の半次さまだけだぜ。ところが、だ。喜ぶ者となると、大家さんや月番さんをはじめ、長屋のみなさん。表店の八百屋、魚屋、炭屋と並べりゃ切りないが、要するに軒並みってことになる。町内で喜ばぬ者はねえ」

しかし大家や月番が極刑に処せられると、女房子が路頭に迷うだけでなく、親兄弟、親類縁者をはじめ同朋《どうぼう》など、多くの人が嘆き悲しむ。長屋の住人にしても、知っていて知らん顔をしているのは、加担《かたん》したのとおなじことだと、程度の差こそあれ罰を受ける。

「これだけでも、らくだの馬さんはフグを喰って死んだことにしてもらわねえと、な」

「一体《いってえ》、そんなことが許されると思うのか。悲しまれようと憎まれようと、大勢だろうとたったの一人だろうと、人の値打ちに変わりがあるものか」

「半次さんよ。あたしゃおめえの何倍もの怒りを、堪《こら》えに堪えてんだぜ。世の中の大小もわからねえで、ただ自分だけがわずかな金を強請《ゆす》り取りたいがため、万人の迷惑をも顧《かえり》みず」

「いくらなんでも、その言い方はねえんじゃないのかい」

「ここまで理を説《と》いてもわからねえなら、しかたがない。おい半公、あたしゃおめえと刺し違えても、生かしちゃおかねえぜ。これだけのあたしの怒りを、一人で受け止める覚悟はできてんのか」

しょぼくれた初老にすぎなかったはずの屑屋が、憤怒《ふんぬ》の形相も凄まじく、ぐいと身を乗り出したときである。

表で足音がした。月番がもどったらしい。

腰高障子戸を開けた月番に、素早くもとにもどった屑屋が声を掛けた。

「庄助さん、ごくろうさまでした。いかがでしたか」

手斧目の半次は思わず天を仰いだ。自分がとんでもない窮地《きゆうち》に立たされたことが、不意に、しかも判然としたからである。

「驚いてましたよ、自身番のみなさん。そいでね、すぐに町奉行所に走ってくれましたので、四半刻はむりとしても、半刻は掛からんでしょう。同心さんとお医者さんか検視のお役人が、駆け付けてくれるそうです」

「はいはい、ご苦労さま。さぞや咽喉が渇いたでしょうから、まずは一杯やって、潤《うるお》してください。半次さん、恐れ入りますが、その湯飲みに注いであげてくれませんか」

調子を狂わされた半次は、屑屋に言われるままに一升徳利の尻をあげて、湯飲み茶碗を満たしてやった。

「それで庄助さん、ちゃんと伝えてくれましたね」

「はい。らくだの馬さんが、長屋のだれもがやめるように言ったのに、トラフグを自分で料理して食べ、あたって気の毒なことをしたって。それをたまたま長屋にお見えのらくださんの兄弟分、手斧目の半次さんが見付け、そこへ屑屋さんが来たので、などなど、きちんと伝えました」

それを聞いた屑屋の久六は、半次に向きなおった。

「ということでね、半次さん。なんとか無事におさまりました。こうなったら、一人や二人の力では、もうどうにも動きません。そこで半次さん、力になってくれた人がそろったところで、いかがでしょう、みんなでらくだの馬さんの通夜をしてあげようじゃありませんか。大家さんも庄助さんも、それでよろしいですね」

「もちろんです」と、大家が澄《す》まし顔で言った。「らくださんはいくらか乱暴ではありましたが、いいお人でした。たまたま不運なことに、自分で料理したフグの毒にやられて、本当にお気の毒でしたね。手斧目の半次さん、あなたは人一倍思いやりがあるから、悲しみの気持はさぞやお強いことでしょう」

もはやどうしようもないと諦めたのか、半次は黙って湯飲み茶碗を取ると酒を呷った。

「そういうことですよ、半次さん」と、まったくの好々爺《こうこうや》にもどった大家が続けた。「半次さんも、らくださんが長屋じゅうの人に憎まれて殺された、なんて思うのは辛い、思いたくないはずだから」

「おまえさんはいい人なんだ」と、屑屋が目をしょぼつかせながら言った。「でなきゃ、一文無しの身でありながら、周りの方の力を借りてでも、通夜やお弔いをしてやろうなんて考えないもの」

八

大家や屑屋の豹変《ひょうへん》ぶりが信じられないのだろう。あるいは自分を徹底的に痛めつけるための、新たなる罠《わな》と感じたのかもしれない。しかし、これ以上の仕打ちが考えられるだろうか。半次は混乱と不信を孕《はら》んだ目で大家、屑屋、そして月番を見た。

「わたしもしみじみ、そう思います」と月番の庄助が、まさにしみじみと言った。「その気持が強すぎたので、ちょっと周りを驚かせはしましたが、らくださんを思う半次さんの気持は並みじゃない。半端じゃないですよ」

半次は自分の無力を痛感した。手斧目の半次たる者が、ど素人《しろうと》の連中に、さんざん虚仮《こけ》にされたのである。らくだの馬を殺された上、その痕跡《こんせき》を消されようとしているのだ。

ほどなく、それも四半刻ほどで町方が調べに来るという。だが、真実を訴えても信じてはくれないだろう。大家が言ったように、地道に生きる大家と職人、そして屑屋に対し、自分は無宿の小博奕打ちなのだ。いくら事実を訴えても、信じてもらえるとは思えない。

それにしても、こんな酷《ひど》い話が堂々と通っていいものだろうか。たしかにらくだは乱暴者だ。家賃を三年も入れず、見世から品を持ち去って金を払わないのは、いくら贔屓目《ひいきめ》に見ようと、よいこととは言えない。

だが、だからといって殺されて、その事実自体を隠蔽《いんぺい》されていいものだろうか。

連中が人のいい、ありふれた庶民という顔のもとで、許されざることを平気でやっているのに、自分はそれをどうすることもできないのである。

屑屋の久六が、月番の庄助を自身番屋に走らせるまえなら、まだ逃げられた。だが退路は断たれてしまって、もはや手の施《ほどこ》しようはない。

手斧目の半次は、無意識のうちに懐《ふところ》に手を入れていた。硬い物が指先に触れる。九寸五分であった。なにかあった場合のために、忍ばせているが、人殺しはもちろん護身用にも使ったことはない。

果たして抜けるのかと半次は自問し、むりだ、抜けないと自答した。これまで一度として抜いたことがない。抜かずにすんだのである。

なぜなら、異様な風貌が相手を威圧して、抜く必要がなかったからだ。顎の張った長四角の顔で頬骨が高い。目はちいさいが底光りがし、睨まないでも相手はたじろいだ。さらには剃ったかと思うほど薄い眉である。

半次が懐に手を入れようとすると、どんな相手であろうと怯えて逃げ腰になった。低い濁声で片言隻句《へんげんせっく》を漏らしただけで、逃げてしまう。だから半次は、これまで一度として九寸五分を抜いたことがない。それでやって来られたのだ。

今、その柄《つか》に指が触れている。

おれは抜けるだろうか。

ふと気付くと、三人の目が、大家と月番、そして屑屋の目が、半次の胸元、懐でそっと短刀の柄を握った半次の手に、喰い入るように注がれている。だめだ。抜けない。抜いたことのない九寸五分を、抜ける訳がないのである。

「そういうことなんだな。どうやら、おまえさん方の考えているように納めるしか、手はないようだ」

半次の言葉に、三人はにこやかな笑顔を浮かべた。ちらりと月番と屑屋を見てから、大家が言った。

「やはり、わかっていただけましたね。きっとわかってもらえるとは信じていましたが、さすが手斧目の半次さんは俠《おとこ》だ」

「ただ一つだけ教えてもらいたいことがある」と、半次は乾ききった声で言った。「いつ、堪忍袋《かんにんぶくろ》の緒《お》が切れたのか、それを教えてもらいたい」

「あたしもそれは知りたいですな」と、屑屋の久六が言った。「こうやって、なんとか半次さんにもわかってもらえた。となるとどうでしょう、大家さん。ここらで、どうしてらくだにフグを食べてもらわねばならなくなったかを、打ち明けてもらってもいいのじゃないかと思うんですがね」

「もういいではないですか、ここは調べ番屋じゃないですから」

「いやね、これまで長屋のみなさんが耐えてこられたことを思うと、そのまま我慢し続けることもできたんじゃないかと思うんですよ」と、屑屋は穏やかではあるが、引きさがりそうにない。「半さんの言ったように、堪忍袋の緒が切れるには、よほどのことがあったはずなんです。でなきゃ、いくらなんでも、あんな悲しいことは起こらなかったでしょう。それを半さんが知りたいと思うのは当然だと思いますがね」

「庄助さんには辛いでしょうが」

大家の言葉に屑屋が意外な顔をした。

「月番さんに、なにか関係が」

「半次さんの睨んだように、わたしが狂言を仕組んだんです。庄助さんが、いくらなんでも気の毒すぎましたのでね。これを聞いていただければ、なぜこんなことが起こったかを、わかってもらえると思います」

そう前置きして、大家は月番を気遣《きづか》いながら沈んだ声で話し始めた。

「庄助さんの一番下の妹さんに、ある商家から嫁にもらいたいとの話がありましてね」

刀の下げ緒や、女物の袋などの飾り紐を商《あきな》う手堅《てがた》い商家からである。兄の庄助の代わりに組紐を納めに行って、若旦那に見初《みそ》められたらしい。

職人の妹では格がちがうからと庄助は断った。それも理由にちがいないが、当の若旦那が遊び人で、これまでにもなにかとよくない噂《うわさ》があったからである。

ところが相手はぜひにもということで、妹もその気になっていた。となると、話は順調に進む。ところがそこに、らくだが絡《から》んできた。

絡んだと言っても、ほんの軽いからかいでしかなかった。博奕場か飲み屋かで、「あの巾着《きんちやく》を嫁にするとは、さすがに遊び人だけある」のようなひと言を、若旦那に言ったらしいのである。巾着は隠語で名器とされているので、らくだがそう言うからには試したからにちがいない、となる。

疑われた妹は、疑われたこと自体を恥じて大川《おおかわ》に身を投げてしまった。庄助はらくだのからかいが理由らしいとの噂を耳にしたが、なんの証拠もないので、結局は泣き寝入りするしかなかった。

ただそのままではあまりにも妹が哀れだと、相手側に掛けあったところ、はっきりではないが、それらしいことを言われたのである。

体調を崩《くず》した庄助を見舞った大家が、それを知ったのだが、となると店子間の問題なので、大家としては看過《かんか》できない。まるで家賃を入れないというだけでなく、長屋のだれもが泣かされているらくだである。しかも庄助からそんなことを聞いては、大家としては黙っていられなかった。

「半次さんの言われたとおりでしてね、お礼かお詫びを理由に、らくだにフグを、フグと知られぬように食べてもらうことにしたのですよ」

水撒きをしていた子供が着物に水を掛けたと、らくだが親の長屋に呶鳴りこんだ。平謝りに謝るのに許さないで、何度も殴った上に幾許《いくばく》かの銭をふんだくったのであった。

これではいくらなんでも許す訳にいかないと、大家はかなり離れた町の魚屋でフグを買った。あとで調べられたときのことを考えて、である。

フグの毒は肝《きも》などの臓腑《ぞうふ》にあると聞いていたので、肉に肝や腸《はらわた》などをたっぷりと混ぜ、女房に鍋料理を作らせた。

「らくださん、さきほどはすみませんでしたね。店子の不始末は大家の不始末でもありますので、お詫びに鍋料理を作ってまいりました」と、大家の女房が鍋を差し出した。「どうかこれを召しあがって、店子のことは許してやってください」

「こんなことでごまかされて、納まる話じゃねえが」

などと不満顔で受け取ったらくだは、目論見《もくろみ》どおりフグを喰って、毒にあたったのである。絶命したのをたしかめた大家は、取っておいた頭や骨を流しに捨てたのであった。

そして庄助には妹の仇《かたき》を討ってやったと伝え、長屋の住人にはらくだがフグを手料理して中毒死したと流したのである。

大家にとっての誤算は、棒手振りの小商人《こあきんど》が、らくだの長屋に声を掛けないことであった。当然だろう、品を取られて金をもらえないのだから。

「とうとう、半次さんが見付けるまで、だれも気付きませんでね」

手斧目の半次はうなだれると、黙って酒を飲んだ。

無力、無力、ただ無力。

完全にしてやられた。自分は負けたのだ。町方の役人ども、同心や岡っ引、そして検視役や医者が来れば、自分はこいつらの筋書を認めるしかない。半次にはそれがよくわかったが、まさかこんなことになるとは思いもしなかった。

らくだの馬が死んだ。

手斧目の半次も死んだのだ。

だがおなじ死でも、その質は天と地ほどちがっている。

らくだはなにも知らないまま、自分が大家の企みで、フグを喰わされたなどと露《つゆ》知らず、ならず者のままで死んでいった。思えば幸せなやつであった。

だが自分は、同類のらくだが殺されたのを知りながら、どうしてやることもできない。それればかりか自分も、羽を毟《むし》り取られて、熱湯の滾《たぎ》る鍋に投げこまれたも同然の、哀れな鶏にすぎないのである。

自由気ままに生きているつもりで、自分が馬鹿にしきっていた連中に、見事に、そして徹底的に仕返しをされたのがわかった。

不意に、半次の頰を涙が伝い落ちた。それを見た屑屋がしみじみと言った。

「どうしました、半次さん。おまえさん、泣いてますね。思ったとおり、本当はやさしくて、いい人なんだ」

半次の腹の中では、悔しさと怒りが渦《うず》を巻いていた。大家と月番、屑屋の満足そうな笑い声が、渦の勢いをますます強く激しくしてゆく。

あれほど恐れられていたらくだはとっくに冷たくなって、もはや害を被《こうむ》る心配は微塵《みじん》もないというのに、長屋の連中はだれ一人として通夜に姿を見せなかった。

藤井邦夫

不《ふ》義《ぎ》の証《あかし》

素浪人稼業

著者・藤《ふじ》井《い》邦《くに》夫《お》

一九四六年、北海道旭川生まれ。テレビドラマ「特捜最前線」で脚本家・監督デビュー。以降、刑事ドラマ、時代劇など多くの作品を手がける。時代小説家としても「秋山久蔵御用控」など人気シリーズを多数執筆。中でも「素浪人稼業」は主人公の粋な男振りで人気沸騰中。

一

お地蔵《じぞう》長屋の木戸には、長屋の名の謂《いわ》れとなった古い地蔵尊があった。

古い地蔵尊は、長年にわたって風雨に晒《さら》されて目鼻が消え掛けており、頭だけが朝陽を受けて妙に輝いていた。

長屋の奥の家の腰高障子《こしだかしようじ》が勢い良く開き、浪人の矢吹平八郎《やぶきへいはちろう》が刀を腰に差しながら猛然と飛び出して来た。

平八郎は、長屋の木戸を走り出たが慌《あわ》てて戻り、古い地蔵尊に手を合わせて輝く頭をさっと一撫《ひとな》でして駆け出して行った。

古い地蔵尊の頭は光り輝き続けた。


口入屋《くちいれ》『萬屋《よろずや》』の主《あるじ》の万吉《まんきち》は、店に駆け込んで来た平八郎を冷たく一瞥《いちべつ》した。

「す、すまぬ……」

平八郎は、苦しく息を弾《はず》ませて帳場にいる万吉に詫《わ》びた。

万吉は、黙って土瓶《どびん》の温《ぬる》くなった茶を湯呑《ゆのみ》茶碗に注《つ》いで平八郎に差し出した。

「かたじけない……」

平八郎は、喉《のど》を鳴らして温茶を飲み干《ほ》した。

「半刻《はんとき》（一時間）もの遅刻、松屋《まつや》の御隠居さまの大山詣《おおやままい》りのお供は、他の方にお願いしましたよ」

万吉は、冷たく突き放した。

「そうか。面倒を掛けた。申し訳ない」

平八郎は、頭を下げて詫びるしかなかった。

「昨夜、酒を飲んだのですか……」

「う、うん。撃剣館《げきけんかん》の者たちとな……」

『撃剣館』とは、駿河台《するがだい》小川町《おがわまち》にある神道無念流《しんとうむねん》の剣術道場であり、平八郎は高弟の一人だった。

平八郎は、己《おのれ》のだらしのなさを悔やんだ。

「やっぱりねえ」

万吉は、呆《あき》れたように平八郎を見た。

「本当に申し訳なかった。じゃあ……」

今日は仕事にありつけない……。

平八郎は、再び頭を下げて口入屋『萬屋』を出ようとした。

「仕事、いいんですか……」

万吉は、平八郎の後《うし》ろ姿に声を掛けた。

「えっ……」

平八郎は振り返った。

「本郷《ほんごう》の妙福寺《みようふくじ》って寺の石垣が崩《くず》れてね。石積普請の人足の口があるけど、どうします」

「まだ間に合うのか……」

「急げばね」

「ありがたい。本郷の妙福寺だな」

「ええ、菊坂町《きくざかまち》の外《はず》れですよ」

「心得た」

平八郎は、薄汚れた袴《はかま》の股立《ももだ》ちを取って口入屋『萬屋』を猛然と走り出た。

本郷菊坂町の妙福寺の境内《けいだい》には、石積普請の人足たちの威勢の良い声が響いていた。

境内奥の阿弥陀《あみだ》堂の裏は小高くなっており、削り取った面には石垣が組まれていた。その石垣が崩れ、石積職人の初老の親方たちが新たに石垣を組んでいるのだ。

平八郎は、着物と袴を脱《ぬ》いで袖無《そでな》しに下帯姿となり、手拭《てぬぐい》で頰被《ほおかぶ》りをした人足となった。そして、他の人足たちと石材を運び、石積職人たちの手伝いをした。

石積職人の親方たちは、慎重に石を合わせて組んでいった。

小坊主が鐘楼《しょうろう》にあがり、午《うま》の刻九つ（正午）の鐘を撞《つ》き始めた。

「おう。昼飯にするか……」

石積職人の親方が、石積職人や人足たちに声を掛けた。

竈《かまど》に掛けられた大鍋からは、美味《うま》そうな味噌汁《みそしる》の香りが漂っていた。

石積普請の現場近くでは、三人の賄《まかな》い婦が塩むすびと味噌汁の昼飯を仕度《したく》していた。

石積職人と人足たちは、塩むすびと味噌汁の昼飯を食べ始めた。

朝飯を食べていない平八郎は、二個の塩むすびを平らげて味噌汁のお代わりをした。

中年の賄い婦は、平八郎の食欲に微笑《ほほえ》んだ。

「味噌汁、美味いな」

平八郎は誉《ほ》めた。

「ありがとうございます。おむすび、もう一ついかがですか……」

中年の賄い婦は、平八郎に塩むすびを勧《すす》めた。

「いいのかな……」

平八郎は、塩むすびが足《た》らなくなるのを心配した。

「大丈夫ですよ」

中年の賄い婦は微笑んだ。

「そうか。ありがたい」

平八郎は、嬉しげに三個目の塩むすびと味噌汁のお代わりを貰った。

「おふくさん、俺も味噌汁のお代わりを貰おうか……」

石積職人が、中年の賄い婦の許《もと》にやって来て空《から》のお椀を差し出した。

「はい。只今……」

おふくと呼ばれた中年の賄い婦は、石積職人から空のお椀を受け取って味噌汁を注いで渡した。

おふくさんか……。

平八郎は、中年の賄い婦の名を知った。

た。

石積職人と人足たちは、塩むすびと味噌汁の昼飯を食べて昼からの仕事に備えた。


「それで、松屋の御隠居さまのお供から石積普請の人足ですか……」

居酒屋『花《はな》や』の女将《おかみ》のおりんは呆れた。

「うん。寝坊で半刻も遅刻すれば仕方があるまい。石積人足でも仕事にありつけただけ運が良かった」

平八郎は、満足げに頷《うなず》いて手酌《てじゃく》で酒を飲んだ。

「平八郎さん、居酒屋の女将の私が云《い》うのも何ですが、お酒は程々にするんですね」

「そうだな、おりん。割の良い仕事の前は気を付けるか……」

平八郎は苦笑した。

「割の良い仕事の前だけじゃあなくて、いつもですよ」

おりんは、微《かす》かな苛立《いらだ》ちを滲《にじ》ませた。

「いつも……」

平八郎は戸惑《とまど》った。

「ええ。これからうちじゃあ、徳利は二本迄《まで》にしますからね」

おりんは、厳しい面持《おもも》ちで云い渡した。

「徳利二本……」

平八郎は驚いた。

「ええ。徳利二本。お酒を飲み過ぎて寝坊し、折角の仕事をしくじるなんて、ちゃんとした大人のする事じゃありませんよ。みっともないし、情けない」

おりんは、腹立たしげに云って板場に入って行った。

「徳利二本って、おりん……」

平八郎は、吐息混じりに呟《つぶや》き、猪口《ちょこ》の酒を惜《お》しむかのようにすすった。

神田明神門前町《かんだみょうじんもんぜんちょう》の居酒屋『花や』は、常連客たちが酒を楽しんでいた。

神田明神門前町の盛り場には、酔客の笑い声と酌婦たちの嬌声《きょうせい》が飛び交《か》っていた。

平八郎は、徳利二本の酒を飲み切った処《ところ》で女将のおりんに帰るように命じられた。

下手《へた》に抗《あらが》って女将のおりんに臍《へそ》を曲げられては、いざという時に飯や酒を振る舞っては貰えなくなる。

それに何と云っても俺を思っての事だ……。

平八郎は、居酒屋『花や』を出て未練がましく振り返った。

居酒屋『花や』は明かりが灯され、常連客の笑い声が溢《あふ》れていた。

平八郎は、羨《うらや》ましそうに喉を鳴らした。だが、居酒屋『花や』に戻る訳にはいかない。

大人しく帰るしかないか……。

平八郎は、吐息を洩《も》らして居酒屋『花や』の前を離れた。そして、行き交う酔っ払いの間を抜け、悄然《しょうぜん》と盛り場の出口に向かった。

出口近くには、酒と料理が安いので名高い飲み屋『鶴亀《つるかめ》』があり、賑《にぎ》わっていた。

鶴亀で一杯だけ飲んで行くか……。

平八郎が立ち止まった時、飲み屋『鶴亀』の裏手から出て来た派手《はで》な半纏《はんてん》を着た男が斜向《はす》かいの路地に駆け込んだ。

どうした……。

平八郎は戸惑った。

派手な半纏を着た男は、路地の暗がりに潜《ひそ》んで飲み屋『鶴亀』を窺《うかが》った。

見張りか……。

平八郎は、派手な半纏を着た男が気になった。

派手な半纏を着た男は、飲み屋『鶴亀』に出入りする客を窺い、店の周囲にいる者たちを見廻した。

平八郎は、素早く物陰に隠れた。

誰かが来るのを見張っている……。

平八郎は、派手な半纏を着た男の動きを読んだ。

僅《わず》かな時が過ぎた。

中年女が小さな風呂敷包みを抱え、飲み屋『鶴亀』の裏手から出て来た。

おふく……。

平八郎は、思わず目を瞠《みは》った。

飲み屋『鶴亀』から出て来た中年女は、石積普請の現場で賄い婦をしていたおふくだったのだ。

間違いない……。

平八郎は見定めた。

おふくは、俯《うつむ》き加減で足早に盛り場の出口に向かった。

派手な半纏を着た男は、素早く辺《あた》りを窺っておふくを追った。

おふくを追うのか……。

平八郎は、派手な半纏の男の思わぬ動きに困惑しながら続いた。


派手な半纏を着た男は、神田明神門前町の盛り場を出て、湯島《ゆしま》二丁目の通りに向かって行く。

その前にはおふくがいる……。

おふくが、湯島二丁目の通りに向かっているのだ。

平八郎は、おふくを尾行《つけ》る派手な半纏の男を追った。

おふくは、昼間は普請場の賄い婦をし、夜は飲み屋の下働きをしているのか……。

平八郎は、おふくが働き者なのに感心した。

派手な半纏を着た男は、妻恋町《つまごいちょう》に入った。

それは、おふくが妻恋町に進んだと云う事なのだ。

おふくの家は妻恋町にあるのか、それとも他の処に行くのか……。

平八郎は、おふくの動きを読もうとした。

派手な半纏を着た男は、足取りを速めた。

どうした……。

平八郎は追った。

派手な半纏を着た男は、先を行くおふくに追い縋《すが》ってその手を摑《つか》んだ。

おふくは驚き、派手な半纏を着た男の手を振り払おうとした。だが、派手な半纏を着た男は手を離さなかった。

「放して、放して下さい」

おふくは抗った。

「煩《うる》せえ、静かにしろ」

派手な半纏を着た男は、おふくの頰を張り飛ばした。

おふくは、短い悲鳴をあげて倒れた。

「何をしている」

平八郎は、派手な半纏を着た男とおふくの許に駆け寄った。

「野郎、邪魔するんじゃあねえ」

派手な半纏を着た男は、懐《ふところ》の匕首《あいくち》を抜いて平八郎に突き掛かった。

平八郎は、派手な半纏を着た男の匕首を握る手を取って投げを打った。

派手な半纏を着た男は、地面に激しく叩き付けられた。

土煙が舞った。

平八郎は、派手な半纏を着た男を捕えようとした。

派手な半纏を着た男は、慌てて跳《は》ね起きて素早く逃げた。

平八郎は見送り、振り返った。

おふくは、怯《おび》えた面持《おもも》ちで立ち尽くしていた。

「大丈夫か、おふくさん……」

平八郎は、おふくに笑い掛けた。

「えっ。あの、お侍さまは……」

おふくは、自分を知っている若い浪人に緊張した。

「俺だよ。昼間、妙福寺の石積の普請場で塩むすびのお代わりをした日雇い人足だ」

平八郎は笑い掛けた。

「ああ、味噌汁もお代わりした……」

おふくは、人足姿の平八郎を思い出して微かな安堵《あんど》を滲ませた。

「うん。何だ今の奴は……」

平八郎は、派手な半纏を着た男の逃げ去った闇を示した。

「さあ。後ろからいきなり……」

おふくは、恐ろしげに肩を竦《すく》めた。

「知らない奴か……」

「ええ……」

おふくは、怯えた顔で頷いた。

「そうか。よし、家は何処《どこ》だ。送るぞ」

「は、はい。ありがとうございます」

おふくは、一方に歩き出した。

平八郎は続いた。

おふくと平八郎は、妻恋町の裏通りに進んだ。

「あの、お侍さまは……」

「私か、私は矢吹平八郎だ」

「矢吹平八郎さま……」

「うん。盛り場の奥の居酒屋でちょいと酒を飲んで帰ろうとしたら、彼奴《あいつ》が鶴亀から出て来たおふくさんを追い始めてな。それで、気になって付いて来たんだ」

平八郎は告《つ》げた。

「そうでしたか、お陰さまで助かりました」

おふくは、平八郎に礼を云って僅《わず》かに頭を下げた。

「礼には及ばん。それよりおふくさん、昼は普請場の賄い婦をやり、夜は鶴亀で働いているのか……」

「は、はい。鶴亀の板場で下働きを……」

「そうか。昼も夜も働き者だな」

平八郎は感心した。

「働かないと母子二人、食べていけませんので……」

おふくは苦笑した。

「ほう、子供がいるのか……」

「はい。あっ、此処《ここ》です」

おふくは、妻恋町の裏通りの長屋の前で立ち止まった。

「おう。此処か……」

「はい。いろいろお世話になりました」

おふくは、平八郎に深々と頭を下げた。

「いや。どうって事はない。じゃあな」

「はい。お休みなさい」

おふくは、長屋の木戸を潜《くぐ》った。

平八郎は、木戸で見送った。

おふくは、小走りに長屋の奥の家に進んで腰高障子を開けた。

「只今……」

「お帰り、おっ母《か》ちゃん……」

おふくを迎える幼い男の子の元気な声が聞こえた。

おふくは、後ろ手に腰高障子を閉めた。

変わった事はなかったようだ……。

平八郎は、長屋の木戸から離れて妻恋坂に向かった。

妻恋坂から明神下の通りに出て、お地蔵長屋に戻る。
平八郎は、夜道を急いだ。

妻恋坂は南側に旗本屋敷が並び、北側に妻恋神社と小さな町家がある。
平八郎は、妻恋坂を下りて明神下の通りに向かった。
背後から微かな足音が聞こえた。
平八郎は気付いた。
誰かが尾行て来る……。
平八郎は、不意に立ち止まって五感を研《と》ぎ澄《す》ませた。
背後から来る足音が止まった。
夜の静寂《せいじゃく》が広がった。
平八郎は、背後から来る足音が止まったのを確かめ、再び妻恋坂を下り始めた。
再び、背後から足音が聞こえた。
何者かが尾行て来ているのに間違いない……。
平八郎は見定めた。

誰が何故、自分を尾行て来るのか……。

平八郎は、己が尾行される理由を探した。

尾行される謂れはない……。

岡っ引の伊佐吉《いさきち》たちと事件を追っていない今、平八郎に思い当たるものはない。しかし、今迄に拘《かか》わった事件で恨みを買い、命を狙われる事がないとは云い切れない。

何処の誰か見定める……。

平八郎は、尾行て来る者の正体を見定める事にした。そして、不意に妻恋神社の境内に走り込み、暗がりに潜んだ。

妻恋神社の境内の入口に人影が現れた。

尾行者だ……。

平八郎は、闇を透《す》かし見た。

人影は塗笠《ぬりがさ》を被り、合羽《かっぱ》を纏《まと》っていた。

旅の渡世人《とせいにん》か……。

平八郎は眉《まゆ》をひそめた。

人影は、塗笠を僅かにあげて境内の闇を見廻した。

境内に踏み込んで来た時が勝負……。
平八郎は身構えた。
人影は、僅かに後退した。
気付かれた……。
平八郎は焦った。
人影は、平八郎の潜んでいる闇を見据えた。
平八郎は、人影の放つ微かな殺気を感じた。
武士か……。
平八郎の勘が囁《ささや》いた。
人影は渡世人か武士か……。
平八郎は、見定めようと暗がりを出た。
刹那《せつな》、人影は合羽を鳴らして身を翻《ひるがえ》した。
平八郎は、素早く境内の入口に走った。
人影は合羽を翻して妻恋坂を下り、闇の中に走り去って行った。
逃げられた……。
平八郎は苦笑した。

人影の正体が、渡世人か武士なのかは分からない。だが、人影はおふくを妻恋町の長屋に送ってから現れた。もし、そうだとしたなら、人影はおふくの住む長屋にいたのかもしれない。

何故だ……。

平八郎は、理由を探した。

人影は、おふくが長屋に帰って来るのを待っていたのだ。

平八郎は読んだ。

ならば、おふくと人影は何らかの拘わりがある。そして、人影はおふくを送って来た俺が何者か突き止めようと尾行した。

平八郎は、読みを進めた。

おふく……。

そして、おふくを尾行た派手な半纏を着た男は、何処の誰なのか……。

いずれにしろ、おふくなのだ。

平八郎は、おふくが気になった。

お地蔵長屋の古い地蔵尊は、月明かりを受けて頭を蒼白く輝かせていた。

二

浅草駒形町《あさくさこまがたちょう》の鰻屋《うなぎ》『駒形鰻』は、蒲焼《かばや》きの香りに満ち溢れていた。

岡っ引の駒形の伊佐吉は眉をひそめた。

「後を尾行られたかい……」

「ああ。合羽を纏った奴にな」

「合羽って渡世人の着る引回しか……」

「ああ。長合羽だ」

「渡世人か……」

「そいつが中々の剣の遣《つか》い手のようでな。武士かもしれない……」

平八郎は、微かな殺気を放った人影を思い出した。

「そうか。ま、後を尾行て来た奴にしろ、派手な半纏を着た男にしろ、旦那の睨《にら》み通り、おふくって年増に拘わりがあるのに間違いはねえな」

「ああ……」

「おふくって年増、妻恋町の裏通りの長屋に住んでいるんだね」

「うん。幼い男の子と二人暮らしのようだ」

「よし。おふくって年増、長《ちょう》さんにちょいと探って貰うか……」

「長次《ちょうじ》さんに頼んでくれるか……」

長次は、伊佐吉の父親である先代の駒形の親分の薫陶《くんとう》を受けた老練な男であり、平八郎と何度も修羅場を潜って来ていた。

「ああ……」

伊佐吉は頷いた。

「そいつはありがたい……」

平八郎は喜んだ。

足音と共に蒲焼きの香りが漂って来た。

「おっ……」

平八郎は、鰻重が来たのに気付いた。

伊佐吉は苦笑した。

「伊佐吉……」

『駒形鰻』の女将のおとよが、障子の外から倅《せがれ》の伊佐吉を呼んだ。

「ああ……」

「お邪魔しますよ」

女将のおとよと小女のおかよが、鰻重を持って伊佐吉の部屋に入って来た。

「さあ、鰻重ですよ」

「はい。平八郎さん。若旦那……」

「おとよとおかよが、平八郎と伊佐吉に鰻重を差し出した。

「いつもすみません。こいつは美味そうだ」

平八郎は、差し出された鰻重を見て嬉しげに喉を鳴らした。

本郷菊坂町妙福寺の石積普請場は、昼飯時も過ぎて石積職人や人足たちが働いていた。

おふくたち賄い婦は、井戸端で味噌汁の大鍋やお椀などを洗っていた。

平八郎は、おふくが賄い婦として働いているのを見定め、派手な半纏を着た男がいないか辺りを見廻した。

派手な半纏を着た男はいなかった。

だが、必ずまた現れる……。

平八郎は、昼飯の後片付けをするおふくを見守った。

神田花房町《はなぶさちょう》は、神田川に架かっている筋違御門《すじかいごもん》前にある。

おふくたち賄い婦は、洗った大鍋やお椀などを担《かつ》いで神田花房町にある石積職人の親方の家に戻った。

派手な半纏を着た男は、本郷菊坂町から神田花房町迄の間に現れる事はなかった。

平八郎は見定め、おふくが石積職人の親方の家から出て来るのを待った。

僅かな時が過ぎ、石積職人の親方の家からおふくが出て来た。

おふくは、神田花房町から明神下の通りに抜け、妻恋坂を足早にあがった。

妻恋坂をあがった処が妻恋町だ。

おふくは、妻恋町の長屋に帰る……。

平八郎は睨み、おふくの周囲に目を配りながら追った。

妻恋町の裏通りの長屋には、赤ん坊の泣き声が響いていた。

おふくは、足早に長屋の木戸を潜った。

長屋の井戸端では、四歳程の男の子が木切れで地面に絵を描いて遊んでいた。

「良太《りようた》……」

おふくは、四歳程の男の子に声を掛けた。

「あっ、おっ母ちゃん……」

良太と呼ばれた四歳程の男の子は、喜びに顔を輝かせておふくに駆け寄った。

「良い子にしていたかい。親方の処からお饅頭《まんじゆう》を貰って来たよ」

おふくは、良太を抱きあげて奥の家に入って行った。

平八郎は見届けた。

おふくは、神田明神門前の盛り場にある飲み屋『鶴亀』に行く迄、家の片付けをしたり良太の夕餉《ゆうげ》の仕度などをするのだろう。

平八郎は、長屋の周囲を厳しく窺った。

長屋の周囲には、派手な半纏を着た男や長合羽を纏った不審な者はいなかった。

平八郎は、長屋の木戸の陰からおふくを見張り、辺りを警戒《けいかい》した。

「やあ。来ていましたかい……」

長次がやって来た。

「長次さん、面倒を掛けます」

「いえ。平八郎さんがいるって事は、おふくが戻っているんですね」

長次は、長屋の奥の家を見詰めた。

「はい。後は夕暮れ前に鶴亀に行くのでしょう。で、何か分かりましたか……」

「ええ……」

長次は頷いた。


煙草屋《たばこ》から長屋の木戸が見えた。

長次は、平八郎を煙草屋に誘った。

「父《と》っつあん、邪魔するよ」

長次は、煙草屋の老亭主に声を掛けた。

「どうぞ、どうぞ……」

帳場にいた老亭主は、皺《しわ》の中の眼と歯のない口を綻《ほころ》ばせた。

どうやら長次は、煙草屋を長屋の見張り場所と決め、既《すで》に老亭主に金を握らせたようだ。

平八郎と長次は、煙草屋の店先の縁台に腰掛けて長屋の木戸を眺めた。

「出涸《でがら》しですが、どうぞ……」

煙草屋の老亭主が、平八郎と長次に茶を持って来た。

「すまないな、父っつあん。いただくよ」

長次は、老亭主に礼を云って茶をすすった。

平八郎も茶を飲んだ。

「それで、妻恋町の自身番の人や木戸番に訊《き》いたんですがね」

長次は、茶を飲みながら話し始めた。

「はい……」

平八郎は、湯呑茶碗を置いた。

「おふくは、三年前に良太と云う赤ん坊を抱えて甚内《じんない》長屋に越して来ていましたよ」

「三年前ですか……」

「ええ。で、おふくの亭主ですが、やはり三年前、博奕《ばくち》打ちの貸元を殺して江戸から逃げたって噂《うわさ》だそうでしてね」

「博奕打ちの貸元を殺して江戸から逃げた……」

平八郎は眉をひそめた。

「ええ。噂ですがね……」

長次は、平八郎を見据えて頷いた。そこには、おそらく間違いないとの睨みがあった。

「そうですか……」

おふくは、博奕打ちの貸元を殺して逃げた男の女房だった。

平八郎は、おふくの境遇を知った。

「ええ。おふく、それから赤ん坊を抱えて甚内長屋に越して来たんですが、女手一つで子供を育てて、大変なんでしょうね」

長次は、おふくに同情した。

「昼間は普請場の賄い婦、夜は居酒屋の下働き、働かなければ母子二人、食べていけないか……」

平八郎は、そう云って苦笑したおふくを思い出した。

「それで、おふくを尾行た派手な半纏を着た野郎ですがね、ひょっとしたらおふくの亭主のやった貸元殺しに拘わりがあるのかもしれません」

長次は睨んだ。

「ええ。で、おふくの亭主、どんな奴なのか分かりますか……」

「いえ。妻恋町の自身番や木戸番じゃあ……」

長次は、首を横に振った。

「分かりませんか……」

「ええ。何と云っても、甚内長屋に越して来る前の話ですからねえ」

長次は、茶をすすった。

「じゃあ、殺された博奕打ちの貸元ってのが、何処の誰かも……」

「これから南の御番所に行って、三年前の博奕打ちの貸元殺し、ちょいと調べて来ます」

長次は、空になった湯呑茶碗を置いた。

「町奉行所に届けられていますかね」

平八郎は首を捻《ひね》った。

博奕打ちたちは、貸元の殺された事を町奉行所に届けず、闇に葬《ほうむ》ったかもしれない。

「その時は、三年前に死んだ博奕打ちの貸元を探しますよ」

長次は、自信ありげな笑みを浮かべた。

「そうですか。じゃあ私はおふくを……」

平八郎はおふくを見張り、派手な半纏を着た男や長合羽を纏った不審な者を警戒する事にした。

「ええ。夜は鶴亀ですね」

「はい……」

平八郎は頷いた。

「分かりました。じゃあ……」

長次は、煙草屋の店先から立ち去った。

平八郎は、甚内長屋の木戸を眺めた。

不審な者は出入りしてはいない……。

平八郎は見定めた。

「お侍さん、お茶、もう一杯、どうですかい」

煙草屋の老亭主は、土瓶を手にして店先に出て来た。

「うん。いただくよ」

平八郎は、湯呑茶碗を差し出した。

老亭主は、土瓶の茶を湯呑茶碗に注いだ。

湯呑茶碗に満たされた薄茶から湯気が立ち昇った。

数寄屋橋《すきやばし》御門内南町奉行所は様々な者が出入りしていた。

長次は、同心詰所に定町廻《じょうまち》り同心の高村源吾《たかむらげんご》を訪ね、三年前に起きた博奕打ちの貸元殺しの一件を知っているかどうか訊いた。

「三年前の博奕打ちの貸元殺しか……」

高村は眉をひそめた。

「ええ……」

「長次も知っての通り、俺は扱っちゃあいねえが……」

高村源吾は、駒形の伊佐吉に手札を渡している同心であり、事件の探索をする時は長次も一緒なのだ。

「そいつは存じております」

長次は微笑んだ。

「じゃあ、ちょいと調べてみるか……」

高村は苦笑した。

「そうして戴ければ助かります。それで、殺しがなかったら、三年前に死んだ博奕打ちの貸元を……」

「心得た」

高村は頷いた。

「宜《よろ》しくお願いします」

長次は頼んだ。

高村は、長次を同心詰所に残して奥に入って行った。

長次は、同心詰所の隅《すみ》で高村が戻るのを待った。

半刻近くが過ぎた頃、高村は戻って来た。

「おう。待たせたな」

「いいえ。で、分かりましたか……」

「ああ。四《よ》ッ谷忍町《やおしまち》の富五郎《とみごろう》って博奕打ちの貸元が、三年前に死んでいたぜ」

「四ッ谷忍町の富五郎……」

「ああ。不動《ふどう》の富五郎って野郎だ」

「不動の富五郎、どうして死んだのかは……」

「そいつが、殺されたと云う届け出はなかったそうだ」

高村は、意味ありげに笑った。

「裏がありますか……」

長次は、高村の意味ありげな笑いを読んだ。

「おそらくな……」

高村は頷いた。

「分かりました。四ッ谷忍町に行ってみます」

長次は告げた。

「ああ。何かあったら俺の名前を使いな」

「ありがとうございます」

同心詰所に西陽が差し込んだ。

甚内長屋の井戸端は、夕食の仕度をするおかみさんたちで賑わい始めた。
平八郎は、煙草屋や長屋の木戸からおふくと甚内長屋を見張り続けた。
おふくは、既に洗濯物《せんたくもの》を取り込み、良太の晩御飯も作り終えていた。そして、
長屋には不審な者が現れる事もなかった。
西の空の雲が赤く染まり始めた。
奥の家の腰高障子が開き、おふくと良太が出て来た。
「良太。晩御飯を食べて良い子にしているんだよ」
おふくは、良太に云い聞かせた。

「うん……」

良太は、元気に頷いた。

「じゃあ、行って来るからね」

おふくは、良太を残して木戸に向かった。

「おふくさん、これからかい……」

井戸端にいたおかみさんが、おふくに声を掛けた。

「ええ。良太を宜しくお願いします」

「ああ。心配いらないよ。気を付けて行っておいで……」

「はい」

おふくは、おかみさんたちに挨拶《あいさつ》をして甚内長屋を後にした。

平八郎は、おふくの周囲に気を配りながら後を追った。

おふくは、妻恋坂に向かった。

神田明神門前の盛り場の飲み屋『鶴亀』に行くのだ。

平八郎は、妻恋坂を下って行くおふくを追った。

夕陽が背後から差し、おふくと平八郎の影を坂道に伸ばした。

内濠《うちぼり》沿いの道を北西に進み、半蔵《はんぞう》御門前を西に曲ると麹町《こうじまち》一丁目に出る。

長次は、麹町一丁目から尚《なお》も西に進んで麹町十丁目から外濠に出た。そして、外濠に架かる四ッ谷御門を渡り、竹町《たけちょう》から甲州《こうしゅう》街道に進んだ。

長次は、四ッ谷大木戸に到着した旅人たちと擦れ違いながら忍町に急いだ。

麹町十三丁目、傳馬町《でんまちょう》、忍町……。

長次は進み、忍町の自身番を訪れた。


「不動の富五郎……」

忍町の自身番の店番は、戸惑いを浮かべた。

「ええ。三年前に死んだ博奕打ちの貸元ですが、御存知ですか……」

長次は尋《たず》ねた。

「そりゃあもう……」

店番は頷いた。

「どうして死んだか分かりますか」

「そいつが急な病に襲われて死んだそうだが、本当の処はねえ」

店番は眉をひそめた。

「急な病ですか……」

「ええ……」

「富五郎、何か病持ちだったんですかね」

「いやあ、そんな ひ弱な奴じゃあないから卒中か心の臓の発作《ほっさ》って処かな」

いずれにしろ、不動の富五郎は急な病で死んだとされていた。

「で、富五郎、どんな評判でしたか……」

「ま、貸元だの何だのと呼ばれても、所詮《しょせん》は裏渡世の博奕打ち。評判が良いわけはないよ」

「評判、良くありませんでしたか……」

「ええ……」

「それで、貸元の富五郎が死んで、不動一家はどうなったんですか……」

「弟で代貸だった富七《とみしち》が跡目を継《つ》いで二代目を名乗っているよ」

「弟の富七ですか……」

長次は、厳しさを滲ませた。

不動一家は、忍町から左門殿町《さもんどのちょう》の横町に入る角にあった。

「あそこですぜ」

忍町の木戸番の源六《げんろく》は、長次に不動一家を示した。

不動一家の土間では、三下たちが賽子《さいころ》で遊んでいた。

「不動の二代目の富七、手広くやっているのかい」

長次は、木戸番の源六に尋ねた。

木戸番は町に雇われており、町木戸の管理や夜廻りをするのが仕事だ。そして、町奉行所の捕物の時には道案内や手伝いなどもしており、岡っ引たちとも親しかった。

「ええ。辺りの貧乏寺や御大名の下《しも》屋敷で派手にやっていましてね。死んだ先代の貸元の富五郎より遣《や》り手だと専《もっぱ》らの噂ですよ」

木戸番の源六は苦笑した。

「その先代の貸元の富五郎だが、卒中か心の臓の発作で賭場で死んだってのは本当かな」

「長次さん、こいつは本当かどうか分かりませんが、富五郎は殺されたって噂もありましてね」

源六は声を潜めた。

富五郎が殺されたと云う噂は、漸《ようや》く長次の前に浮かんだ。

「殺された……」

長次は眉をひそめた。

「ええ。用心棒の浪人にね」

「用心棒の浪人……」

富五郎を殺したのは用心棒の浪人……。

長次は、おふくの亭主が何者か知った。

「ええ。富五郎、用心棒の浪人の情婦《おんな》に手を出しましてね。恨みを買って……」

「斬り殺されたか……」

長次は睨んだ。

「ま、そんな噂です」

源六は頷いた。

「で、用心棒の浪人、どうしたのかな」

「情婦を連れて江戸から逃げたそうですぜ」

「情婦と一緒か……」

「ええ。赤ん坊を残して。酷《ひど》い話ですぜ」

「用人棒の浪人、何て名前だい」

「長次さん、富五郎が殺されたってのは噂です。そこ迄は……」

源六は、申し訳なさそうに首を横に振った。

夕陽は沈み、夕暮れが訪れた。

派手な半纏を着た男が、三下たちに見送られて不動一家から出て来た。

派手な半纏を着た男……。

長次は、平八郎の言葉を思い出した。

「野郎、何て名前か知っているかい」

「仙造《せんぞう》って野郎ですぜ」

「仙造か……」

長次は、派手な半纏を着た男の名を知った。

仙造は、不動一家を出て外濠に向かった。

「源六さん、すまないが不動一家の様子を気にしてくれないかな」

「お安い御用ですよ」

「頼む。じゃあ……」

長次は、派手な半纏を着た仙造を追った。

四ッ谷忍町には明かりが灯り始めた。

三

神田明神門前町の盛り場は、日暮れと共に賑わっていた。

平八郎は、飲み屋『鶴亀』を見張った。

飲み屋『鶴亀』は、安酒目当ての様々な客で溢れていた。

平八郎は、客の中に派手な半纏を着た男や後を尾行て来た長合羽の男を捜した。しかし、それらしい客はいなかった。

おふくは、『鶴亀』の裏手の井戸端で野菜や下げられて来た皿と小鉢などを洗い、休む間もなく働いていた。


夜は更《ふ》け、盛り場の賑わいは続いた。

平八郎は、『鶴亀』の裏手の井戸端で働くおふくを見守った。

「平八郎さん……」

長次が、平八郎の許にやって来た。

「長次さん、何か分かりましたか……」

「ええ。三年前に殺された博奕打ちの貸元は、四ッ谷忍町の不動の富五郎って奴でしたよ」

「不動の富五郎……」

「ええ。殺したのは用心棒の浪人だそうです」

長次は告げた。

「じゃあ、おふくの亭主は浪人ですか」

「きっと……」

長次は、四ッ谷忍町で知った事を平八郎に告げた。

「ならば、おふくの亭主、富五郎が己の情婦に手を出したので斬ったんですか……」

平八郎は眉をひそめた。

「噂じゃあそうです」

「馬鹿な真似《まね》を……」

平八郎は、腹立たしさを覚えた。

「ま、今の処、噂に過ぎませんが、確かめてみますか……」

「確かめる……」

平八郎は戸惑った。

「ええ。派手な半纏を着た野郎が表に……」

長次は、嘲《あざけ》りを浮かべた。


飲み屋『鶴亀』の斜向かいの路地に仙造は潜んでいた。

「派手な半纏を着た男、奴じゃありませんか」

長次は、路地にいる仙造を示した。

「ええ。間違いありません」

平八郎は、仙造を見て頷いた。

「野郎、四ッ谷忍町の不動一家の仙造って野郎です」

「仙造……」

平八郎は、路地に潜んでいる仙造を見据えた。

「ええ。じゃあ、仙造を締め上げて三年前の一件の噂、確かめましょう」

「心得た」

平八郎は笑った。

飲み屋『鶴亀』の賑わいは続いた。

仙造は、斜向かいの路地に潜んでおふくの仕事終わりを待った。

おふくは、幼い子供がいる所為《せい》か、『鶴亀』の店仕舞いより早く仕事からあがっていた。

後半刻もすれば、おふくは出て来る筈《はず》だ。

仙造は見張った。

突然、眼の前に平八郎の笑顔が現れた。

「わっ……」

仙造は驚き、仰《の》け反《ぞ》った。

刹那、平八郎の拳が仙造の鳩尾《みぞおち》に鋭く叩き込まれた。

仙造は、苦しく呻《うめ》いて気を失い、その場に崩れ落ちそうになった。路地奥から現れた長次が、背後から抱き留めた。そして、平八郎が素早く仙造の両足を抱え、長次と共に路地奥に連れ込んだ。


神田川は月明かりに輝いていた。

平八郎と長次は、気を失っている仙造を昌平橋《しょうへいばし》の下に運び、神田川の水を浴びせた。

仙造は、気を取り戻した。

平八郎は問い質《ただ》した。

「四ッ谷忍町の不動一家の仙造だな」

仙造は、跳ね起きて逃げようとした。

「嘗《な》めた真似をするんじゃあねえ」

背後にいた長次が、仙造の襟首《えりくび》を摑んで乱暴に引き戻した。

仙造は、仰向《あおむ》けに倒れて手足を無様にばたつかせた。

「仙造。三年前、不動の富五郎がどうして死んだか、詳しく話して貰う」

平八郎は、仙造を厳しく見据えた。

「お、お侍さんは……」

仙造は、怯えながらも懸命に態勢を立て直そうとした。

「俺の事などどうでも良い……」

平八郎は、仙造の懐から匕首を奪い取って抜いた。

匕首の刃は薄汚れていた。

「こんな汚い匕首で刺されたら、傷よりも毒を心配しなきゃあならんな」

平八郎は、嘲笑《ちょうしょう》を浮かべて匕首を仙造に突き付けた。

仙造は、恐怖に震えた。

「富五郎、表向きは病死だが、本当は用心棒の浪人に斬られたって噂、どうなんだ」

平八郎は、仙造の喉元に匕首の汚れた刃を押し当てた。

「う、噂は本当です」

仙造は、嗄《しやが》れた声を引き攣《つ》らせた。

「ならば、用心棒の浪人の情婦に手を出して斬られたってのは……」

「それも本当です」

仙造は頷いた。

平八郎は、不動の富五郎の死に関する噂が本当だと知った。

「じゃあ何故、おふくを見張る」

「江戸に舞い戻った柊《ひいらぎ》の旦那が繋ぎを取るかと思って……」

「柊の旦那……」

「へい。柊清十郎《せいじゅうろう》、不動一家の用心棒だった浪人で、おふくの亭主です」

「柊清十郎……」

貸元の富五郎を斬り殺し、江戸から逃げたおふくの亭主は柊清十郎と云う名前だった。

平八郎は知った。

「その柊清十郎を捜しているのか……」

「へい。富七の貸元の云い付けで……」

「富七、柊清十郎を捜し出してどうする気だ」

「殺された富五郎の貸元は実の兄貴。仇《かたき》を討って恨みを晴らす気なんです」

仙造は、開き直ったのか躊躇《ためら》いなく喋った。

所詮は博奕打ち、助かる為《ため》には義理も棄《す》てれば矜持《きようじ》も棄てる……。

平八郎は苦笑した。

「じゃあ、不動の富七、柊清十郎を捜し出して殺そうとしているんだな」

長次は念を押した。

「へい……」

仙造は頷いた。

「そうか……」

長次は、平八郎を窺った。

平八郎は頷いた。

「よし。仙造、お前が何もかも喋ったのは黙っている。お前も俺たちの事は内緒にして今迄通りにしているんだな」

長次は命じた。

「へ、へい……」

仙造は、安心した面持ちで頷いた。

「仙造、もし約束を違《たが》えた時は……」

平八郎は、手にしていた仙造の匕首を昌平橋の橋脚に投げた。

匕首は闇を切り裂き、橋脚を這い上る蛇の鎌首を貫いて刺さった。蛇は鎌首を橋脚に張り付けられて垂れ下がった。

仙造は、平八郎の手練《しゅれん》の凄まじさに恐怖を覚えた。

「殺す……」

平八郎は、仙造を冷たく見据えた。

「わ、分かりました」

仙造は、恐怖に震えながら頷いた。

「じゃあ、さっさと忍町に帰り、おふくの処に柊清十郎は現れなかったと云うんだな」

長次は笑った。

「へい。じゃあ御免なすって……」

仙造は、昌平橋の下から慌てて立ち去った。

「柊清十郎、棄てた女房のおふくの処に現れますかね」

平八郎は首を捻った。

「平八郎さん。外道《げどう》には、あっしたちの分からない外道の理屈がありますからね」

長次は苦笑した。

「外道の理屈……」

平八郎は眉をひそめた。

「ええ……」

「それにしても富七。三年前、どうして富五郎が柊清十郎に殺された事をお上に届け出なかったんですかね」

平八郎には、疑念が次々と浮かびあがった。

「それは、用心棒の情婦に手を出して殺されたのを恥じての事かもしれません」

長次は、困惑を滲ませた。

「そいつも外道の理屈ですか……」

「ま、そんな処ですかね」

「長次さん、私を尾行て来た長合羽の男、ひょっとしたら柊清十郎だったかも……」

平八郎は睨んだ。


おふくは、飲み屋『鶴亀』の下働きを終えて家路についた。

平八郎は、おふくを追った。

柊清十郎が現れるかもしれない……。

平八郎は、おふくの周囲に気を配った。

今の処、長合羽の男はおろか不審な者は現れてはいない。

平八郎は、おふくを油断なく追った。

おふくは、何事もなく妻恋町の甚内長屋に帰り、子供の良太に迎えられた。

平八郎は見届けた。
おふくの家からは、小さな明かりとおふくと良太の楽しげな笑い声が洩れていた。
亭主の柊清十郎に棄てられたおふくにとり、良太は唯一の宝、生甲斐《いきがい》なのだ。
平八郎は、甚内長屋の周囲を見廻した。
一方の暗がりが僅かに揺れた。
平八郎は、僅かに揺れた暗がりを透かし見た。
暗がりに長合羽を纏った人影が浮かんだ。
柊清十郎……。
平八郎の勘が囁いた。
人影は、塗笠を目深に被り直して長合羽を翻した。
「待て……」
平八郎は走った。
人影は振り返り、目深に被った塗笠を僅かにあげた。
微かな殺気が放たれた。

平八郎は、微かな殺気を感じ取り、間合いを取って立ち止まった。

「柊清十郎か……」

平八郎は、人影を見据えた。

「だったらどうする……」

人影は柊清十郎だった。

「おふくに何か用か……」

「おふくは俺の女房、用があろうがなかろうが、他人には拘わりない」

「だが、おぬしはおふくを棄て、情婦と江戸から逃げた。今更、女房はないだろう」

「手前《てめえ》、がきの親父か……」

柊は、思わぬ事を云い出した。

「がきの父親……」

平八郎は戸惑った。

「ああ。俺とおふくに子供はいなかった……」

「何だと……」

平八郎は驚いた。

「そいつが久し振りに戻ってみれば、立派ながきがいるじゃあねえか。がきの歳の頃からみて俺が江戸にいた時には、おふくには既に情夫《おとこ》がいたようだ」

柊は、おふくを蔑《さげす》むように笑った。

おふくには、逃げた亭主の柊清十郎との間に子供はいなかった。ならば、良太はおふくと誰の子なのだ。

平八郎は困惑した。

「どうやら、がきの父親はお前じゃあないようだな」

柊は、平八郎の様子を見てそう見定め、苦笑した。

「ああ……」

平八郎は頷いた。

「おふくも忙しい女だ」

柊は、おふくを蔑んだ。

「万一、おふくに情夫がいたとしても、おぬしも情婦の処に入り浸《びた》っていたのだ。おふくを責める事は出来ぬ」

「煩せえ。譬《たと》えどうであろうが夫婦は夫婦だ。不義を働いた姦婦《かんぷ》は、亭主に手討にされても文句は云えぬ」

柊は、酷薄《こくはく》さを滲ませた。

「ならば、おふくを斬るか……」

平八郎は、柊を厳しく見据えた。

「ああ。がきは不義の立派な証《あかし》、お前がいなければ、今夜にでも斬り棄てた処だ」

柊は嘲りを浮かべた。

平八郎は、身構えて刀の鯉口《こいぐち》を切った。

柊は、平八郎の鋭い殺気に跳び退《の》いた。

平八郎は、素早く間合いを詰めた。

柊は、尚も大きく後退して身構えた。

平八郎と柊は対峙《たいじ》した。

「おふくを斬る他にもやらねばならぬ事がある。お前と斬り合うのはその後だ……」

柊は、嘲笑を浮かべて長合羽を平八郎に投げ付け、身を翻した。

長合羽は音を鳴らし、平八郎に被さるように飛んだ。

平八郎は、飛来する長合羽を躱《かわ》して柊に迫ろうとした。

柊は、既に闇の中に走り込もうとしていた。

「おのれ……」

平八郎は、闇に消え去る柊を腹立たしげに見送るしかなかった。


神田川の流れは穏やかだった。

おふくは、石積普請の賄い婦の仕事を終え、神田花房町の親方の家から出て来た。

「やあ、おふくさん……」

平八郎は、筋違御門の袂《たもと》からおふくの許にやって来た。

「矢吹さま……」

おふくは微笑んだ。

「賄いの仕事、今日は終わりですか……」

「はい。後は夜、鶴亀です」

「大変ですね」

「いいえ。矢吹さま、お仕事は……」

「独《ひと》り身の気楽さです。飯を食えて酒が飲める金があれば……」

平八郎は笑った。

「そうですか……」

平八郎とおふくは、神田川沿いの道を昌平橋に向かった。

神田川沿いの道の木々は、風に枝を揺らしていた。

「昨夜、柊清十郎に逢いましたよ」

平八郎は告げた。

「柊に……」

おふくは、驚いたように立ち止まり、平八郎を見詰めた。

「ええ……おふくさんを見張っていましてね。それで問い詰めたら、自分は柊清十郎だと……」

平八郎は頷いた。

「そうですか。柊、江戸に戻っているんですか……」

「ええ。何をしに戻ったのかは良く分かりませんが、おふくさんも気を付けた方が良いでしょう」

平八郎は、厳しい面持ちでおふくに注意した。

「柊、私を斬ろうとしているのですね」

おふくは、怯えも狼狽《ろうばい》も見せず落ち着いていた。

「おふくさん……」

平八郎は、おふくの落ち着いた物腰に戸惑った。

「柊清十郎は、御家人だった親同士の決めた許嫁《いいなずけ》。私は好んで一緒になった訳じゃありません……」

おふくは、冷ややかな笑みを浮かべた。

柊清十郎との結婚は、愛や信頼があってのものではなかったのだ。

「柊、御家人だったのですか……」

「私の実家と同じ、六十石取りの小普請組《こぶしんぐみ》です」

おふくは、懐かしそうに告げた。

六十石取りの無役の御家人は、貧乏な厳しい暮らしを強《し》いられる。

「柊、何故に御家人から浪人に……」

平八郎は眉をひそめた。

「遊ぶお金欲しさに、いつの間にか御家人株を売り飛ばして浪人に……」

おふくは、吐息を洩らした。

「御家人株を売り飛ばした……」

平八郎は唖然《あぜん》とした。

「はい。貧しくても厳しくても良い。志を持って真面目《まじめ》に暮らせれば。でも、遊び歩く柊に私は堪《た》えられなかった……」

おふくは、淋《さび》しげな笑みを浮かべた。

襟足の解《ほつ》れ髪が風に揺れた。

「おふくさん……」

「私、柊に離縁をしてくれと頼みました。でも……」

「柊、離縁状を書いてくれませんでしたか」

「はい。そして、俺に恥をかかせるなら、斬り棄てると……」

おふくは、悔しさを過《よ》ぎらせた。

「で、浪人になった柊、どうしたんですか」

「賭場の用心棒になり、情婦の家に入り浸るようになったのです」

「そして、貸元の富五郎を斬り、情婦を連れて逃げた訳ですか……」

「はい。名ばかりの夫とは云いながら、愚《おろ》かな男です」

おふくは、疲れ果てたように告げた。

「それでおふくさんは実家には……」

「弟の継いだ貧乏御家人の実家。帰る訳にはまいりません」

「そうですか。おふくさん、柊は自分に情婦がいたが、おふくさんにも情夫がいたのだと云っている」

「私にも情夫がいた……」

　おふくは困惑した。

「ええ、情夫がいた証は子供だとね」

「良太が証……」

　おふくは驚いた。

「柊は良太の歳の頃から見て、おふくさんには自分が江戸から逃げる前から情夫がいた筈だと……」

「そんな……」

　おふくは言葉を失った。

「おふくさん、柊は不義を働いた姦婦は、亭主に手討にされても文句は云えぬと、おふくさんを斬ろうとしているのだ」

「何と愚かな……」

おふくは、零《こぼ》れそうになった涙を拭《ぬぐ》った。

「おふくさん……」

平八郎は戸惑った。

「矢吹さま、良太は私の子ではありませんが、柊の子供なんです」

おふくは告げた。

「おふくさんの子ではないが、柊の子供……」

平八郎は、おふくの言葉の意味が分からなかった。

「良太は柊と情婦の間に生まれ、江戸から逃げる時に置いていかれた赤ん坊なんです」

「柊と情婦の子供……」

平八郎は、不義の証の正体を知った。

「赤ん坊に罪はありません。私は赤ん坊を引き取り、良太と名付け、我が子として育てて来たのです。それを不義の証とは……」

おふくは、呆れ果てたように笑いながら涙を零した。

平八郎は、おふくの涙が哀しかった。

四

四ッ谷忍町の不動一家には、以前とは違って微かな緊張が漂っていた。

長次は、不動一家を見張った。

平八郎は、柊のおふくを斬る他にやる事を不動一家に拘わるものと読み、長次に見張りを頼んだのだ。

長次は見張り続けた。

やって来た髭面《ひげづら》の浪人が、三下たちに迎えられて不動一家に入って行った。

富五郎の仇を討つ助っ人《すけと》か……。

長次は、髭面の浪人をそう睨んだ。

「長次さん……」

平八郎がやって来た。

「平八郎さん……」

「柊、現れましたか……」

「いいえ。来たのは髭面の浪人が一人」

「髭面の浪人……」

「きっと、富七が仇討の助っ人に金で雇ったのでしょう」

「仇討の助っ人ですか……」

「ええ。で、おふくさん、どうでした」

「それが……」

平八郎は、おふくに聞いた事実を長次に伝えた。

「おふくさんの子供が、柊と情婦の子供だったとは……」

長次は、啞然とした面持ちで呟いた。

「それをおふくさんの不義の証とは、知らぬ事とは云え、柊清十郎、何処迄も愚かで情けない奴です」

平八郎は、怒りを滲ませた。

「平八郎さん……」

長次は、不動一家から出て来た髭面の浪人を示した。

髭面の浪人は、三下たちに見送られて足早に立ち去った。

「どうしたんですかね」

「ええ……」

平八郎と長次は、仇討の助っ人と睨んだ髭面の浪人が足早に出て行ったのに戸惑った。

四半刻（三〇分）が過ぎた。

羽織を着た中年の小男が、不動一家から博奕打ちを従えて出て来た。

「長次さん、あの羽織を着た小男……」

「ええ。不動一家の二代目貸元の富七ですぜ」

長次は睨んだ。

富七は、博奕打ちを従えて四ッ谷大木戸に向かった。

平八郎と長次は、尾行を開始した。

四ッ谷大木戸は甲州街道や青梅《おうめ》街道の江戸への出入口であり、旅人たちが行き交っていた。

富七は、博奕打ちを従えて四ッ谷大木戸の手前を南に曲った。そして、信濃《しなの》国高遠《たかとお》藩江戸下屋敷の横手の道を南に進んだ。

平八郎と長次は追った。

富七と博奕打ちは、高遠藩江戸下屋敷の横手の道から裏手に廻った。

裏手には玉川上水《たまがわ》の流れがあった。そして、流れに架かっている小橋の傍《かたわ》らには水車小屋があり、水車が音を立てて廻っていた。

富七と博奕打ちは、小橋の上に佇《たたず》んで水車小屋を眺めた。

平八郎と長次は、木陰に潜んで見守った。

水車小屋の板戸が開き、柊清十郎が出て来た。

「柊……」

富七と博奕打ちは、長脇差を握り締めて身構えた。

「不動の二代目か。富七、大した貫禄《かんろく》じゃあねえか」

柊清十郎は、富七に嘲笑を浴びせた。

「何しに江戸に舞い戻った……」

富七は、険しい面持ちで柊を睨み付けた。

「手紙に三年前に貰った金が無くなったと書いた筈だ」

柊は、狡猾《こうかつ》に笑った。

「金か……」

「ああ。で、富七、金は持って来たな」

「ああ……」

富七は、博奕打ちに目配せをした。

博奕打ちは、懐から二つの切り餅を出して見せた。

「よし。渡して貰おうか……」

柊は、進み出て手を差し出した。

「どうなっているんだ……」

仇が討手から金を貰おうとしている……。

長次は戸惑った。

「長次さん。三年前の柊の富五郎殺しには裏があるようですね」

平八郎は、柊の富五郎殺しが情婦を巡る争いだけではないのに気付いた。

次の瞬間、富七は金を取ろうとする柊に長脇差を抜いて斬り付けた。

柊は、咄嗟《とっさ》に躱した。

「富七、手前……」

柊は、怒りに顔を醜《みにく》く歪《ゆが》めた。

「金蔓《かねづる》にされてたまるか」

富七は、柊を遮《さえぎ》るように怒鳴《どな》った。

髭面の浪人が四人の仲間と共に現れ、柊を取り囲んだ。

柊は身構えた。

「殺せ。先代の仇だ。富五郎の仇だ。叩き殺して仇を討つんだ」

富七は叫んだ。

髭面の浪人たちは、刀を抜いて柊に殺到した。

柊は、抜き打ちの一刀を放った。

浪人の一人が肩を斬られ、血を飛ばして倒れた。

「おのれ……」

髭面の浪人が、柊に猛然と斬り掛かった。

柊は斬り結んだ。

残る三人の浪人が、髭面の浪人と激しく斬り結ぶ柊に背後から襲い掛かった。

柊は、必死に斬り合った。そして、手傷を負いながらも背後からの攻撃を辛うじて躱した。だが、髭面の浪人たちの攻撃は容赦《ようしゃ》なく続いた。

「どうします……」

長次は眉をひそめた。

「取り敢えず柊を逃がします」

平八郎は云い放った。

「逃がす……」

長次は戸惑った。

「ええ。長次さんが追って下さい。私は富七を締め上げます」

富七を締め上げ、三年前の富五郎殺しの真相を吐かせる。

「じゃあ、四ッ谷忍町の木戸番に……」

長次は、平八郎の狙いを読んで頷いた。

「心得ました。じゃあ……」

平八郎は、薄汚れた袴の股立ちを取って木陰から出た。


柊清十郎は、髭面の浪人たちと必死に斬り結んだ。だが、多勢に無勢であり、柊は追い詰められていた。

富七と博奕打ちは、柊と髭面の浪人たちの斬り合いを冷笑を浮かべて見守っていた。

「富七……」
富七は、背後からの声に振り返った。
刹那、忍び寄っていた平八郎が、富七の鳩尾に拳を鋭く叩き込んだ。
富七は、眼《む》を剝いて意識を失い、その場に崩れ落ちた。
「か、貸元……」
博奕打ちは驚いた。
平八郎は、博奕打ちを殴《なぐ》り飛ばした。
博奕打ちは、悲鳴をあげて玉川上水に転げ落ちた。
平八郎は、柊と髭面の浪人たちの斬り合いに走った。
髭面の浪人たちは、不意の乱入者に狼狽《うろた》えながらも平八郎に刀を向けた。
平八郎は、構わず駆け込んで抜き打ちの一刀を放った。
浪人の一人が、右手の親指を斬り飛ばされて握っていた刀を落として蹲《うずくま》った。
平八郎は、返す刀でもう一人の浪人の太股《ふともも》を斬った。
一瞬の出来事だった。
髭面の浪人は、平八郎の鮮やかな太刀《たち》捌《さば》きに怯《ひる》んだ。
柊は逃げた。

残る浪人は、慌てて柊を追い掛けようとした。
平八郎は、親指を斬った浪人の刀を拾い、柊を追い掛けようとした浪人に投げた。
刀は、追い掛けようとした浪人の足元に突き立った。
浪人は立ち竦んだ。
柊は逃げ去った。
「おのれ……」
髭面の浪人は怒りを露わにし、平八郎に猛然と斬り付けた。
平八郎は、髭面の浪人の刀を見切り、身体《からだ》を開いて躱した。
髭面の浪人の刀を握る腕は伸びきった。
平八郎は、腰を僅かに沈めて刀を鋭く斬り下ろした。
刀は閃光となり、髭面の浪人の刀を握る腕を斬った。
髭面の浪人は刀を落とし、斬られた腕を抱えて後退した。
「死にたくなければ、さっさと引き上げるのだな」
平八郎は、厳しく命じた。
髭面の浪人たちは、助け合いながら逃げ去った。

平八郎は、気を失っている富七を人目につかない雑木林の奥に担ぎ込んだ。
平八郎は、気を失っている富七に活を入れた。
富七は、気を取り戻して呻いた。
平八郎は、富七の頰を平手打ちにした。
富七は、驚いたように眼を覚《さ》まし、その場から逃げようとした。
平八郎は、富七の足を払った。
富七は無様に倒れた。
平八郎は、富七を押さえ付けた。
「何だ手前……」
富七は抗った。
平八郎は、富七の懐から匕首を取って抜いた。そして、富七の右の頰を薄く切った。
血が赤い糸のように走った。
「死にたくなければ大人しくしろ……」
平八郎は、富七を冷たく見据えた。

富七は、恐怖に震えた。

「富七、兄貴の富五郎を斬った仇の柊清十郎に何故、金を渡そうとしたのだ」

平八郎は尋ねた。

「そ、それは……」

富七は、苦しげに顔を歪めた。

「富七、柊が富五郎を斬ったのは、情婦に手を出しただけじゃあない。そうだな」

平八郎は、富七の左の頬も匕首で薄く切った。

赤い糸のような血が溢れ、頬を伝い流れた。

富七は、恐怖に激しく震えた。

「博奕打ちの貸元が恐ろしくて震えるか……」

平八郎は笑った。

「富七、柊清十郎はお前を金蔓にしようと企《たくら》んだ。そいつは、お前の弱味を握っているからだ。その弱味ってのは……」

平八郎は冷笑を浮かべ、匕首の刃の横腹で富七の額を軽く叩いた。

「ああ、そうだ。俺が頼んだんだ。俺が用心棒だった柊清十郎に富五郎の兄貴を殺してくれと頼んだんだ」

富七は、涙声で叫んだ。

恐怖は激しく募り、限界を超えたのだ。

「やっぱりな……」

平八郎は苦笑した。

「ああ、そうだ。生まれてこの方、ああしろ富七、こうしろ富七。いつもだ。いつでも何処でも兄貴は兄貴、弟は弟だ。不動一家だって俺がいたから看板をあげられたんだ、富五郎は貸元になれたんだ。それなのに……」

「弟は弟、せいぜい代貸か……」

平八郎は、富七の抱えて来た兄貴の富五郎への恨み辛みを知った。

「ああ。だから柊に金を渡し、富五郎を殺させたんだ」

富七は吐き棄てた。

「そして、不動一家の二代目の貸元に納まり、乗っ取ったか……」

平八郎は、三年前の富五郎殺しの真相を知った。

千駄ヶ谷《せんだがや》には公儀の火薬庫である御焔硝蔵《ごえんしょうぐら》があった。

柊清十郎は、その御焔硝蔵の裏手にある荒れ寺に逃げ込んだ。

長次は見届けた。そして、平八郎宛の結び文を書き、近くの寺の寺男に金を握らせ、四ッ谷忍町の木戸番に届けるように頼んだ。

寺男は、金と結び文を握って忍町に走った。

長次は、荒れ寺に潜んだ柊を見張った。


長次からの報《しら》せは、四ッ谷忍町の木戸番の源六の許に届けられた。

「旦那、長次さんからの結び文ですぜ」

源六は、寺男の持って来た結び文を平八郎に渡した。

「うん……」

平八郎は、長次からの結び文を開いた。

『御焔硝蔵の裏の荒れ寺……』

結び文には短くそう書かれていた。

「よし。邪魔したな」

平八郎は、源六に声を掛けて公儀の御焔硝蔵に走った。

柊清十郎は、己で手傷の手当てをした。

あの男は何故、俺を助けてくれたのか……。

柊は、平八郎が助けてくれたのに困惑した。しかし、それ以上に富七に対して激しい怒りを燃やした。

「富七の野郎……」

柊は吐き棄てた。

不動一家に火を放ち、どさくさ紛《まぎ》れに富七を殺して金を奪ってやる……。

柊は決めた。

激しい怒りは、外道の手立てを選ばせる。

柊は、荒れ寺に潜んで夜を待った。


長次は、荒れ寺を見張った。

柊は、荒れ寺の庫裏《くり》に潜んだまま動く気配を見せなかった。

動くとしたら夜か……。

長次は読んだ。

「長次さん……」

平八郎がやって来た。

「柊、庫裏に入ったままです」

長次は、軒《のき》の崩れ掛けた庫裏を示した。

平八郎は、庫裏の様子を窺った。

庫裏は静寂に包まれていた。

「で、富七はどうしました」

「三年前の富五郎殺し、富七が柊に金で頼んだ事でした」

「富七が……」

長次は眉をひそめた。

「ええ……」

平八郎は、富七を締め上げて知った事を長次に教えた。

「成る程、そう云う絡繰《からく》りだったんですか」

長次は呆れた。

「ええ。所詮は博奕打ちの揉《も》め事。馬鹿な話ですよ」

平八郎は、怒りを露わにした。

「で、どうします」

「三年前の富五郎殺しの真相は、捕えてある富七がいれば充分ですね」

「ええ……」

長次は頷いた。

「ならば、柊清十郎はおふくと良太の今後の為に斬り棄てます」

平八郎は云い放った。


荒れ寺の破れ窓から夕陽が差し込んだ。

日が暮れたら出掛け、夜中に不動一家に火を放ち、富七を殺して金を奪う。そして、その足でおふくを斬り棄てて江戸から立ち去る。

柊は、最後の手筈を決めた。

庫裏の奥に人影が浮かんだ。

「誰だ……」

柊は刀を取った。

「私だ……」

人影は平八郎だった。

「手前か……」

柊は、戸惑いを浮かべた。

「柊、三年前の富五郎殺し、富七に金で雇われての所業だそうだな」

「富七、吐いたのか……」

「愚かな真似をしたものだ」

平八郎は、柊を哀《あわ》れむように見詰めた。

「おふくと同じ眼だな……」

柊は苦笑した。

「おふくさんと同じ眼……」

平八郎は眉をひそめた。

「ああ。おふくは、いつも哀れむような眼で俺を見ていた。愚か者を哀れむ眼でな」

柊は、腹立たしげに吐き棄てた。

「柊、おぬし、子供がおふくの不義の証だと云ったな」

「ああ。それがどうした」

「あの子は、おぬしと情婦が江戸から逃げた時、棄てていった赤ん坊だ」

平八郎は告げた。

「なに……」

柊は困惑した。

「おふくは、おぬしたちに棄てていかれた赤ん坊を哀れんで引き取り、我が子として育てて来た。おぬしの子だ」

平八郎は、柊を厳しく見据えた。

「そ、それはまことか……」

柊は狼狽えた。

「まことだ。強いて云えば、あの子はおぬしの不義の証。それなのに……」

平八郎は、怒りを滲ませた。

「黙れ」

柊は、平八郎を遮るように抜き打ちの一刀を放った。

刹那、平八郎は鋭く踏み込みながら横薙《よこな》ぎの一刀を閃《ひらめ》かせた。

横薙ぎの一刀は、柊の腹を斬り裂いた。

「おのれ……」

柊は、顔を歪めながら平八郎を振り返った。

平八郎は、柊を真っ向から斬り下げた。

柊は立ち竦んだ。
平八郎は、残心の構えを取った。
柊は、斬られた額から血を溢れさせて棒のように倒れた。
平八郎は、残心の構えを解いた。
柊は、血に塗れた顔を醜く歪めて絶命していた。
平八郎は、刀に拭いを掛け、怒りを静めるように深々と溜息《ためいき》を吐《つ》いた。

長次は、富七を南町奉行所の定町廻り同心の高村源吾の許に引き立てた。
高村は、三年前の富五郎殺しの吟味《ぎんみ》を始めた。

おふくは、良太を抱えて賄い婦と下働きの忙しい日々を送っている。
平八郎は、おふくと良太の幸せを願い、神道無念流の『撃剣館』に通いながら日雇い仕事に汗を流した。

解説：時代小説の最先端を知る最高のガイド

文芸評論家　末《すえ》國《くに》善《よし》己《み》

時代小説は、いま最も勢いのあるジャンルだ。この人気を牽引《けんいん》しているのは、間違いなく文庫書下ろしの時代小説である。かつて小説は、雑誌に掲載された後に単行本化され、数年後に文庫になるのが定番だった。このルールを破った文庫書下ろしは、一九八〇年代後半にスタートした。良質な物語を安く読者に届けるスタイルは、バブル崩壊後の不況下に支持を広げ、現在に至っている。

文庫書下ろしのブームは、雑誌掲載後、単行本化せずに文庫で刊行する〝いきなり文庫〟を生み出すなど、小説出版のシステムを変えたほどである。

峰隆一郎《みねりゆういちろう》や火坂雅志《ひさかまさし》の書下ろし作品ですでに人気を得ていた祥伝社文庫は、一九九九年、佐伯泰英《さえきやすひで》の〈密命《みつめい》〉シリーズの第一作『見参！　寒月霞《かすみ》斬《ぎ》り』の大ヒットを生んでおり、文庫書下ろし時代小説の老舗《しにせ》といっても過言ではない。そのため新たな書き手の発掘にも力を入れていて、人気のシリーズが数多くラインナップされている。

二〇一五年に祥伝社文庫が創刊三〇周年を迎えたのを記念して、文庫書下ろしを中心に活躍している実力派の時代小説作家が一堂に会し、人間の根幹をなす感情「喜」「怒」「哀」「楽」をテーマに、四冊のアンソロジーを刊行することとなった。その一冊で、「怒」をモチーフにした本書『怒髪《どはつ》の雷』は、鳥羽亮《とばりよう》、野口《のぐち》卓《たく》、藤井邦夫《ふじいくにお》の名作を掲載する豪華な布陣《ふじん》となっている。

いつの時代も、為政者《いせいしや》の無策で理不尽《りふじん》な目にあったり、法の網を逃れた悪党がのうのうと生きていたりと、社会は「怒」に満ちている。本書に登場する主人公たちは、その「怒」をパワーにかえ、弱者を救うために悪に挑《いど》んでいくので、心地よい気分になれるのではないだろうか。

鳥羽亮は、ブームになる前から文庫書下ろし時代小説の世界で活躍するベテランで、その業績が認められ、第一回歴史時代作家クラブ賞のシリーズ賞を受賞した。死体を使って刀の切れ味を試す試刀家で、切腹の介錯《かいしやく》も行う狩谷唐十郎《かりやとうじゆうろう》が陰謀に立ち向かう〈介錯人・野晒《のざらし》唐十郎〉、長屋で隠居暮らしをしている鏡新《きようしん》明智《めいち》流の達人・華町源九郎《はなまちげんくろう》、その将棋《しようぎ》仲間で居合いを使う菅井紋太夫《すがいもんだゆう》たちが、トラブルを解決していく〈はぐれ長屋の用心棒〉、娘のまゆみと暮らす老剣客《ろうけんかく》・

る。安田平兵衛《やすだへいべえ》を主人公にした〈闇の用心棒〉などのシリーズが、代表作となってい

剣豪小説を得意とする鳥羽は、剣道の有段者の経験を活《い》かし、刀が人間の肉体を切り裂き、血しぶきをあげ、四肢《しし》が飛び、内臓がはみ出し、それでも死に切れずうめき声をあげるリアルな剣戟《けんげき》シーンに定評がある。その特徴が最も現れているのが、介錯人になるため、江戸で山田浅右衛門《やまだあさえもん》に入門した畠沢《はたざわ》藩士の鬼塚雲十郎《おにづかうんじゅうろう》が、政争に巻き込まれ強敵と戦う〈首斬り雲十郎〉シリーズである。

「怒りの簪《かんざし》」に登場する片桐京之助《かたぎりきょうのすけ》は、雲十郎と同じく、代々、罪人の斬首と試刀術の指南を行っている山田浅右衛門の弟子とされている。物語は、小伝馬《こでんま》町《ちょう》の牢屋敷で、京之助が、おゆきの斬首を行う場面から始まる。時代小説でお馴《な》染《じ》みの斬首刑だが、その実態はあまり知られていないように思える。鳥羽は、半紙を藁縄《わらなわ》で縛った面紙《つらがみ》で目隠しされた罪人が、穴のなかに血溜《ちだめ》の筵《むしろ》が敷かれた土壇場《たんば》に引き立てられ、刑が執行されるまでを緊迫感に満ちた筆で活写している。特に、京之助がおゆきの首を斬り落とす描写の生々しさには圧倒されるはずだ。

斬首の直前、おゆきから、襟《えり》に隠した簪で「源次《げんじ》を殺して！」と頼まれた京之助は、事情を調べ始める。やがて明らかになるのは、人倫にもとる源次の悪逆非

道ぶりである。京之助の「怒」が大きいだけに、ラストが痛快に思えるだろう。

落語に『らくだ』という噺《はなし》がある。破落戸《ごろつき》の手斧目《ちょうなめ》の半次《はんじ》が、弟分のらくだの馬《うま》が暮らす長屋を訪ねると、フグにあたって死んでいた。半次は、通りかかった気弱な屑《くず》屋の久六《きゅうろく》を威嚇《いかく》して、月番や大家から通夜《つや》に必要な香典《こうでん》や酒を集めさせようとする。だが長屋の住民は、鼻つまみ者だったらくだの馬の死を喜ぶばかりで、協力しようとしない。そこで半次は、久六に「もし要求を断ったら、死体をかついで行ってかんかんのうを踊る」といって脅《おど》せと命じるのである。

野口卓「らくだの馬が死んだ」は、名作落語『らくだ』を踏まえていて、『あらすじで読む古典落語の名作』などの著作もある著者らしい作品となっている。

半次は、久六に集めさせた香典と酒で通夜を始める。と、ここまでは同じだが、おとなしそうに見えて実は酒乱の久六が、半次に勧《すす》められた酒で豹変《ひょうへん》する展開が笑いを誘う落語とは対照的に、本作は次第にシリアスになっていく。

考えてみると、『らくだ』には奇妙なところがある。江戸の大家は、長屋の管理だけでなく、店子《たなこ》に町触《まちぶ》れ（法律）を伝え、戸籍関連の事務を行うなど、奉行所《ぶぎょうしょ》の窓口としての役割も担《にな》っていた。それなのに『らくだ』の大家は、長屋で死者が出たのに、奉行所に届けようとしない。この矛盾《むじゅん》から、半次が、らくだの馬の死に隠された秘密を暴くところは、秀逸《しゅういつ》なミステリーとなっている。

野口卓は、隠居した岩倉源太夫《いわくらげんだゆう》が、藩内の派閥抗争に巻き込まれる『軍鶏侍《しゃもざむらい》』でデビュー、同作で第一回歴史時代作家クラブ賞の新人賞を受賞した。

時代小説では、派閥抗争は〝悪〟とされがちだが、『軍鶏侍』は、どんな政策にも長所と短所があるので、派閥にわかれ、その優劣を競うのは問題ないとしながらも、派閥を権力の拡大や私欲を満たすために使うのは〝悪〟とする現実的な見解を示した。この視点は本作にも受け継がれている。半次の謎《なぞ》解きの先に置かれたどんでん返しは、社会を平穏にするためなら悪人への私的制裁は許されるのか、大の虫を生かすために、小の虫を殺すのは本当に正義なのかなど、現代でもアクチュアルなテーマを浮かび上がらせていくので、考えさせられる。

文庫書下ろし時代小説の世界では、〈隅田川御用帳《すみだがわごようちょう》〉シリーズの藤原緋沙子《ふじわらひさこ》、〈あばれ旗本八代目〉シリーズの井川香四郎《いかわこうしろう》など、脚本家出身の作家が活躍している。刑事ドラマ、特撮ヒーローもの、『三匹が斬る！』『八丁堀《はっちょうぼり》の七人』などの時代劇まで幅広いジャンルの脚本を手掛けた藤井邦夫も、その一人である。

事件解決よりも人助けを優先してしまう北町奉行所の臨時廻り同心・白縫半兵《しらぬいはんべ》衛《え》が活躍する〈知らぬが半兵衛手《て》控帖《びかえちょう》〉、反対に、どんな妨害にも負けず正義を貫き、〝剃刀久蔵《かみそりきゅうぞう》〟と呼ばれ悪党から恐れられているクールな南町奉行所吟味《ぎんみ》方与力《がたよりき》を主人公にした〈秋山久蔵御用控《あきやまきゅうぞうごようひかえ》〉など、藤井が手掛けるシリーズは、名作がひしめいていた往年のテレビ時代劇に通じる面白さがある。

テレビ時代劇は江戸の事件と現代の世相を重ねていたが、この手法は藤井も受け継いでいる。代表作の〈素浪人稼業《すろうにんかぎょう》〉シリーズは、口入屋《くちいれ》「萬屋《よろず》」から日雇い仕事をまわしてもらい生計を立てている親の代からの浪人者・矢吹平八郎《やぶきへいはちろう》をヒーローにしている。これは非正規労働者が増え、親の貧困が子供の困窮に直結する貧困の連鎖が深刻な社会問題になっている現状を踏まえた設定と考えて間違いあるまい。「不義の証《あかし》」は、そんな平八郎が活躍するシリーズの一編である。

「萬屋」の紹介で石積普請の現場で働き始めた平八郎は、賄《まかな》いをしているおふくと出会う。その夜、馴染みの居酒屋「花《はな》や」を出た平八郎は、飲み屋の裏手から出てきたおふくが、怪しい男に尾行されていることを知る。どうやらおふくは、昼は賄い婦、夜は飲み屋で働き、女手一つで息子を育てているらしい。

おふくを守るため動き始めた平八郎は、情婦と逃げたおふくの夫が起こした事件が、危険の原因になっている事実を摑《つか》む。決して安定した生活を送っていない平八郎が、現代でいえば貧困に負けず懸命に働くシングルマザーを助けるという構図になっているだけに、人情が身にしみる。逆境にあっても力強く生きる女性と、女性に寄り掛からなければ生きていけない弱い男の対比も興味深かった。

時代小説が隆盛を極め出版点数が増えているだけに、好きな作家、面白い作品を見つけるのが難しくなっている。本書と、同時刊行された「喜」を題材にしたアンソロジー『欣喜《きんき》の風』は、時代小説の最先端を知る最高のガイドとなっているので、何から読み始めればいいか分からない初心者から、読書の幅を広げたい熱心なファンまで役立つだろう。『哀歌《あいか》の雨』『楽土《らくど》の虹』の刊行も予定されているので、楽しみにして欲しい。

〈初出一覧〉

怒りの簪　鳥羽　亮　『小説ＮＯＮ』二〇一六年二月号

らくだの馬が死んだ　野口　卓　『小説ＮＯＮ』二〇一六年二月号

不義の証　藤井邦夫　『小説ＮＯＮ』二〇一六年一月号

怒髪の雷

一〇〇字書評

切り取り線

購買動機（新聞、雑誌名を記入するか、あるいは○をつけてください）

- □（　　　　　　　　　　　）の広告を見て
- □（　　　　　　　　　　　）の書評を見て
- □ 知人のすすめで
- □ タイトルに惹かれて
- □ カバーが良かったから
- □ 内容が面白そうだから
- □ 好きな作家だから
- □ 好きな分野の本だから

・最近、最も感銘を受けた作品名をお書き下さい

・あなたのお好きな作家名をお書き下さい

・その他、ご要望がありましたらお書き下さい

住所	〒				
氏名		職業		年齢	
Eメール	※携帯には配信できません		新刊情報等のメール配信を 希望する・しない		

この本の感想を、編集部までお寄せいただけたらありがたく存じます。今後の企画の参考にさせていただきます。Eメールでも結構です。

いただいた「一〇〇字書評」は、新聞・雑誌等に紹介させていただくことがあります。その場合はお礼として特製図書カードを差し上げます。

前ページの原稿用紙に書評をお書きの上、切り取り、左記までお送り下さい。宛先の住所は不要です。

なお、ご記入いただいたお名前、ご住所等は、書評紹介の事前了解、謝礼のお届けのためだけに利用し、そのほかの目的のために利用することはありません。

〒一〇一－八七〇一
祥伝社文庫編集長　坂口芳和
電話　〇三（三二六五）二〇八〇

祥伝社ホームページの「ブックレビュー」からも、書き込めます。
http://www.shodensha.co.jp/bookreview/

祥伝社文庫

競作《きょうさく》時代《じだい》アンソロジー　怒髪《どはつ》の雷《かみなり》

平成28年3月20日　初版第1刷発行

著　者　鳥羽《とば》亮《りょう》　野口《のぐち》卓《たく》　藤井《ふじい》邦夫《くにお》

発行者　辻　浩明

発行所　祥伝社《しょうでんしゃ》

東京都千代田区神田神保町3-3

〒101-8701

電話　03（3265）2081（販売部）

電話　03（3265）2080（編集部）

電話　03（3265）3622（業務部）

http://www.shodensha.co.jp/

印刷所　図書印刷

製本所　図書印刷

カバーフォーマットデザイン　中原達治

ISBN978-4-396-34196-1 C0193

祥伝社文庫の好評既刊

鳥羽 亮『闇の用心棒』
齢のため一度は闇の稼業から足を洗った安田平兵衛《やすだへいべえ》。武者震いを酒で抑え、再び修羅へと向かった！

鳥羽 亮『冥府に候』首斬り雲十郎
藩の介錯人として「首斬り」浅右衛門に学ぶ鬼塚雲十郎。その居合の剣〝横霞〟が疾る！　迫力の剣豪小説、開幕。

鳥羽 亮『殺鬼に候』首斬り雲十郎②
秘剣を破る、二刀流の剛剣の刺客現わる！　雲十郎は居合と介錯を融合させた新たな秘剣の修得に挑んだ。

鳥羽 亮『死地に候』首斬り雲十郎③
「怨霊」と名乗る最強の刺客が襲来。居合剣〝横霞〟、介錯剣〝縦稲妻〟の融合の剣〝十文字斬り〟で屠る！

鳥羽 亮『鬼神になりて』首斬り雲十郎④
畠沢藩の重臣が斬殺された。雲十郎は幼い姉弟に剣術の指南を懇願され……父の敵討を妨げる刺客に立ち向かえ！

鳥羽 亮『修羅《さむらい》の剣』
佞臣を斬る――そう集められた若き三人の侍。だが暗殺成功後、汚名を着せられ、命を狙われた。三人の運命は!?

祥伝社文庫の好評既刊

野口 卓
軍鶏侍《しゃも》

闘鶏の美しさに魅入られた隠居剣士が、藩の政争に巻き込まれる。流麗な筆致で武士の哀切を描く。

野口 卓
獺祭《だっさい》 軍鶏侍②

細谷正充氏、驚嘆！ 侍として峻烈に生き、剣の師として弟子たちの成長に悩み、温かく見守る姿を描いた傑作。

野口 卓
飛翔 軍鶏侍③

小梛治宣氏、感嘆！ 冒頭から読み心地抜群。師と弟子が互いに成長していく成長譚としての味わい深さ。

野口 卓
水を出る 軍鶏侍④

強くなれ——弟子、息子、苦悩するものに寄り添う、軍鶏侍・源太夫。源太夫の導く道は、剣のみにあらず。

野口 卓
ふたたびの園瀬 軍鶏侍⑤

軍鶏侍の一番弟子が、江戸の娘に恋をした。美しい風景のふるさとに一緒に帰ることを夢見るふたりの運命は——。

野口 卓
猫の椀

縄田一男氏賞賛。「短編作家・野口卓の腕前もまた、嬉しくなるほど極上なのだ」江戸に生きる人々を温かく描く短編集。

祥伝社文庫の好評既刊

藤井邦夫　**素浪人稼業**

神道《しんとう》無念《むねん》流の日雇い萬《よろず》稼業・矢吹平八《やぶきへいはち》郎《ろう》。ある日お供を引き受けたご隠居が、浪人風の男に襲われたが……。

藤井邦夫　**銭十文**　素浪人稼業⑧

強き剣、篤《あつ》き情、しかし文無し。されど幼き少女の健気な依頼、請けずにいらいでか！　平八郎の男気が映える！

藤井邦夫　**迷い神**　素浪人稼業⑨

悪だくみを聞いた女中を匿《かくま》い、知らぬ間に男を魅了する女を護《まも》る。どこか憎めぬお節介、平八郎の胸がすく人助け！

藤井邦夫　**岡惚れ**　素浪人稼業⑩

惚れっぽい若旦那が恋敵に襲われた？　きらりと光る、心意気。矢吹平八郎、萬稼業の人助け！

藤井邦夫　**にわか芝居**　素浪人稼業⑪

父が倒れた武家娘からの唐突な願い。家督を狙う叔父の魔の手を撥《は》ね除《の》けるため、平八郎が立ち向かう！

藤井邦夫　**開帳師**　素浪人稼業⑫

真光院御開帳の万揉め事始末役を任された平八郎。金の匂いを嗅ぎ付け集う悪党を前に、男気の剣が一閃する！

祥伝社文庫　今月の新刊

安東能明
限界捜査
『撃てない警官』の著者が赤羽中央署の面々の奮闘を描く。

石持浅海
わたしたちが少女と呼ばれていた頃
青春の謎を解く名探偵は最強の女子高生。碓氷優佳の原点。

西村京太郎
伊良湖岬《いらご》　プラスワンの犯罪
姿なきスナイパーの標的は？　南紀白浜へ、十津川追跡行！

南　英男
刑事稼業　強行逮捕
食らいついたら離さない、刑事たちの飽くなき執念！

草凪　優
元彼女《モトカノ》…
ふいに甦った熱烈な恋。あの日の彼女が今の僕を翻弄する。

森村誠一
星の陣（上・下）
老いた元陸軍兵士たちが、凶悪な暴力団に宣戦布告！

鳥羽　亮
はみだし御庭番《おにわばん》無頼旅
曲者三人衆、見参。遠国御用道中に迫り来る刺客を斬る！

いずみ光
桜流し　ぶらり笙太郎《しょうたろう》江戸綴《つづ》り
名君が堕ちた罠。権力者と商人の非道に正義の剣を振るえ。

佐伯泰英
完本　**密命**　巻之十一　残夢　熊野秘法剣
記憶を失った娘。その身柄を、惣三郎らが引き受ける。

井川香四郎　小杉健治　佐々木裕一
競作時代アンソロジー
欣喜《きんき》の風
時代小説の名手が一堂に。濃厚な人間ドラマを描く短編集。

鳥羽　亮　野口　卓　藤井邦夫
競作時代アンソロジー
怒髪《どはつ》の雷
ときに人を救う力となる、滾る〝怒り〟を三人の名手が活写。